全民微阅读系列

一树樱花落

张玉玲 著

江西高校出版社

图书在版编目(CIP)数据

一树樱花落/张玉玲著. —南昌:江西高校出版社, 2017.9(2020.2 重印)

(全民微阅读系列)

ISBN 978-7-5493-5875-5

Ⅰ.①一… Ⅱ.①张… Ⅲ.①小小说—小说集—中国—当代 Ⅳ.①I247.82

中国版本图书馆 CIP 数据核字(2017)第 215556 号

出版发行	江西高校出版社
社　　址	江西省南昌市洪都北大道 96 号
总编室电话	(0791)88504319
销售电话	(0791)88592590
网　　址	www.juacp.com
印　　刷	永清县晔盛亚胶印有限公司
经　　销	全国新华书店
开　　本	700mm×1000mm　1/16
印　　张	14
字　　数	180 千字
版　　次	2017 年 10 月第 1 版 2020 年 2 月第 2 次印刷
书　　号	ISBN 978-7-5493-5875-5
定　　价	36.00 元

赣版权登字-07-2017-1032

版权所有　侵权必究

图书若有印装问题,请随时向本社印制部(0791-88513257)退换

目录 / CONTENTS

A 或者 B　　/001

笔尖上的滑过　　/004

茉莉　　/006

深度旅行　　/009

白梅　　/012

再度缺席　　/015

烟灰　　/018

风微凉　　/021

给点声音　　/024

落花飞　　/027

陶艺　　/030

爱上三毛　　/033

春逝　　/036

一树樱花落　　/039

一三五，二四六　　/041

与阿玛施无关　　/044

左边的声音　　/047

留下这一天给你　　/050

碎片时光　　/052

经典演绎　　/055

一粒尘埃　　　/058

很远的笛子　　　/061

和一朵云相处　　　/063

发生点什么吧　　　/066

秋天开始的时候　　　/069

木香藤　　　/072

声音来自烟雨　　　/075

寻找我的情人　　　/078

你是我的月亮　　　/081

车窗外的风景　　　/083

出售时光的女孩　　　/086

偶像　　　/089

晴伊儿的手　　　/091

风的感觉　　　/094

百合冰　　　/097

花开时节　　　/100

与幸福有关　　　/103

樱花七日　　　/106

雕刻　　　/109

传奇　　　/111

二一零八年的夏天　　/113

另一种错失　　/116

你 OUT 了　　/119

吹箫图　　/122

等你半个冬天　　/125

爱情的淡蓝色　　/127

百合心　　/130

纱外　　/133

等待忘记　　/136

尤丽不是个好女人　　/138

喝咖啡的女人　　/141

画　　/144

假设一个幸福的存在　　/146

飘　　/149

金鱼危机　　/153

开满夕阳的傍晚　　/156

窗外　　/159

临街的窗　　/161

向往一千年后　　/164

请别告诉我　　/167

秋小诗的童话　　　/170

去看星辰花　　　/174

因为　　/177

是谁让你动心的　　　/180

一支烟的时间　　　/183

水桑　　/186

司若的琴声　　　/189

送一个春天给你　　　/192

兔子的逻辑　　　/195

唯一　　/198

舞者　　/201

香水有毒　　　/204

谢谢　　/207

独舞　　/210

做一朵烟花　　　/213

墙壁上的微笑　　　/216

A 或者 B

我坐在角落里，看着白一一。

白一一站在大屏幕前朗诵她的诗歌。在朗诵自己的诗歌之前，她顺便朗诵了徐志摩的《再别康桥》，戴望舒的《雨巷》……不错，白一一是个写诗的女人。这个季节到处流传的静电让她瀑布一样的长发有些凌乱。亮色的格子衬衣，深色短裙配一双深色长靴，这一切让今晚的她妖娆靓丽得近乎完美。

但是在中文系一直混到博士的我，自认有两只挑剔的耳朵，我始终认为白一一的朗诵不够到位，她的解读没有达到那些诗歌本身所要表达的情感临界点，不过这不影响我的眼睛去欣赏一个女人美好的身影。在这个满世界都是诗人的时代，你不能对一个诗人有多高的要求。

白一一从弓形大屏幕的这一端走到那一端，再从那一端走到这一端，她口中都念着诗，我甚至听到旁边大学生模样的男孩说，她简直口吐莲花。而我的关注点已经转移到手机屏幕上，我有一个特点，当我遇到一个不太感兴趣或者不太认同的话题时，我能迅速找到下一个感兴趣的东西，并且很快沉溺其中。

一阵异常激烈的掌声把我的注意力从手机上拉回了大屏幕，白一一站在那里，目光直直地看向这个角落。我本能地收起手机，有种小学生在课堂上看课外书被老师逮个正着的慌乱无措感。却听白一一再次开口："对，这是我说的，爱他，就推倒他！"

随着话音,她的右手做了一个推的手势,让我没有想到的是,她那只还在远处的手,竟然让我本能地躲了一下。这太搞笑了。然后,白一一一个转身,走向了大屏幕的另一端,这时候我发现,她窈窕妙曼的身姿居然有一个缺陷——微微驼背。这是真的吗?我的目光跟着她,当她再次转身给我一个侧影的时候,我确定,这是真的,她的确微微有些驼背。以前怎么从来没有发现呢?

白一一说,在我上中学的时候,有人对整天写诗的我说,你疯了吧?我那时候没有判断力,以为自己那样真的是疯了,但是有一天,我的语文老师对我说,你不要管别人说什么,如果这样就是疯了,那疯了不是很快乐吗?白一一又说,所以从那以后,我才不管别人怎么说,我就坚持写诗,一直写一直写。后来连我妈都说我疯了,但是我不管,因为我爱诗,就像我爱一个人的时候,就没有办法矜持,我等不到他给我打电话,等不到他给我送花,我会给他打电话,会买一束玫瑰送给他。

白一一说着,目光再次投向这个角落,我感觉我被她盯得脸都要烧起来了,我正在想,我是不是有点后悔今天被那帮同学忽悠到这里,来参加白一一的诗歌朗诵会的时候,白一一在大屏幕前大声说,杜哲,你别躲了,你已经躲了我一万年了,无论你躲多久,我还是喜欢你。周围顿时一片哗然:爱他,就推倒他,推倒他,推倒他……不知道谁的手在旁边推了我一把,这种情况着实让人热血沸腾。白一一看着我,又看着大家,哈哈地笑着说,我也会害羞的好不好。然后她幽怨地看了我一眼说,我们还是先说诗歌吧。白一一给我们朗诵了几首她新写的诗歌,我认真地听着,发现她的诗歌字里行间充满了灵性,在这个满世界都是诗人的时代,她的诗歌还是蛮不错的。

这时候,主持人把PPT定格在分享者个人简历那一页,白一一开始介绍自己的经历:我出生在兰州,但是很不幸,我出生的时候,我爸妈已经离婚了。接下来我妈在广东再婚,我便成了一个广东女孩,再接下来,我妈又离婚了,我生活的城市随着我妈的婚姻一次又一次更换,最远的时候我跟着我妈跑到香港。直到最后,我妈再次给我找了一个……后爸,我就来到了中原……

我是第一次知道白一一居然有这样的经历,接下来,她又说了什么,我都没有听到。我的思绪在白一一的经历里不断延伸,一直到她出生的那个时刻,然后又回头,从那个时刻往回走。我一路在探索,但是除了一些片段是可想而知的,对她的经历,我感觉一片空白。

诗歌分享会结束的时候,我打算送白一一回家,但是一转眼的工夫,会场里已经找不到她了。最后有人告诉我,她已经坐公交车走了。

后来,我依然总是接到白一一的电话,电话是她从工作的美容会所打来的,有时候她会说,真想换了这破工作,站一天累死了,这让我想起她微微有些驼的背。

那天下着大雪,我再次接到白一一的电话,她说,杜哲,陪我去看雪吧。我看着手里厚厚的《比较文学概论》说,不行,我还有论文要写。她却说,要不陪我去看雪,要不你答应我的求婚。A 或者 B,你选,选好了打给我。

说完她挂了电话。

笔尖上的滑过

午后,纷披而下的阳光打蔫了周围的绿意,一棵无精打采的杨树下,那个灰扑扑的身影佝偻着,两手抱在胸前,护着一个绿色塑料袋,袋子里装着一沓参差不齐、色彩混杂的稿纸。旁边,一辆破旧的自行车竖在墙根下,车头的方向,是一个宽阔的大门,门一侧有几个行云流水的大字——××文艺出版社。

这是我第七次看到这幅画面。他总是赶在上班前等在大门口。

和以往不一样,这一次,我的心里没有惊讶与嘲笑,没有要与众同事八卦一下的冲动。我不再认为他怀着一份不可思议的异想天开,而是,我很难得地感动了。

没错,他是来投稿的,他怀里那一沓稿纸,正是他手写的一部长篇书稿。我和我的同事曾翻开过那些手写稿,尽管我们赞叹过那不多见的好字体,以及他深邃清晰的好文笔,却最终拒绝了他的书稿。我们的理由是:这些文字不适合在这里出版。

他马上殷切地回答:我可以修改。

面对他一脸的沧桑和一脸的认真与虔诚,我们愕然,而我们无法回答的真正原因是:只有名人的稿子才好运作,才能赚钱。

看着我们的愕然,他微微一笑:总可以修改好的,改好了再来。仿佛一切都是他的错。

此时,那个人正望着那几个大字,当他的目光落在最后的落款处时,那双浑浊的眼睛亮了亮,但很快又暗淡下去。没有人知道,他布满尘埃的目光以及他古铜色的脸上纵横的沟壑中,藏着怎样的故事。

我没有管住自己的脚步,当我走近他时,他还在看着那个落款的名字——暮秋,这是震撼当今文坛的两个字,而我就是读着暮秋的文字长大的。

"爷爷,您读过他的书吗?"我轻轻地问,这样问,只是掩饰我心中的不知所措,当走到他面前时,我突然又忘了,走近他是为了什么?我能为他做什么?

"我们一起住过牛棚。"苍然的声音传来,轻描淡写地敲醒了我的这个午后。我紧紧地盯着眼前的老人,他至少有七十岁了吧,一张饱受苦难的农人的脸,一双粗糙的手,而我此时却在想象这双手握笔的样子,想到那不多见的好字体以及他的好文笔,我的思绪跳跃着滑向无边的幻想。我的幻想飞向广袤的农田,眼前的人正走在田间,像牛一样拉着耕地的犁铧,日复一日地劳作,只有在农闲的间隙,他的笔尖才会沙沙地落在纸上。

我的幻想中,他被推到大师暮秋的身边,他们一起走过那十年,一起窝在牛棚的黑暗中,躲开众人悄悄交换某本名著的读后感。也许他们还曾毕业于同一所学校,而大师暮秋的样子,来自我看到的一本杂志封面。此时,我的脑海中跳出一个问号:是怎样一个契机,让暮秋一步一步地走向了文坛,眼前的人在农田与贫苦间直到暮年,他锲而不舍的笔尖上滑过的,是他越来越遥远却始终不肯放弃的梦吗?

"爷爷,您的书稿交给我吧。"我微笑,把手伸过去,潜意识里突然想到拍电影,如果是拍电影,我这个出乎自己意料的动作是剧情的需要吗?

"啊？好，好，闺女，要是不行，我再改。"他浑浊的眼中终于生出希望。

当他走出我的视线时，我才从剧情中跌回现实，顿时满目茫然，我要怎么帮他？揣着这个问题，我抱着那些书稿走回办公室，坐在电脑前，很认真地一页一页往电脑上敲着这些文字。

"你还是把这些东西抱回来了？"资深编辑阿A像看到怪物一样在我耳边喊，"这样的稿子社里根本不会出。"

我对她笑笑，转身继续敲字。她说的情况我当然知道，但她却不知道，我不远千里来这里工作，是因为我的电脑文档里，存着我日以继夜写出来的五部长篇小说，却无从出版。我采取了这种深入内部寻找机会的策略，试图圆梦，然而很遗憾，我已经来了快三个月，我的梦想依然没有着落。

此时，占据我全部心思的是眼前的书稿，我想，等我把这些丰筋多力的手写体全部敲在电脑上后，也许机会就来了。

也许，我们的梦明天就可以成真。

茉　莉

那个有些泛黄的旧时光里。凤城大户白家才貌双全的二小姐茉莉，在秋天的某个午后，细心地收起她视为珍宝的那幅画，然后提着一个雅白色的小皮箱，悄无声息地走下阁楼，走出大院，消失在老街的尽头。那时候，她的母亲正在午睡。午睡醒来后的母亲得知此事，先是盛怒，之后猛地推开面前的木格子窗，惊得窗台上的白鸽们倏然齐飞,看着她素日里最心爱的小白鸽们在她的眼前一一消失,她却似乎平静了。她像往常一样坐在阳台边的摇椅上看报纸,或读时尚杂志,呼唤大女儿陪她喝养生茶,日子一如往昔。

一年后,依然是秋天的某个午后,老街的尽头影影绰绰地走过来一个身影,当身影越来越近时,人们才看清楚,那是已经消失一年的白家二小姐。

"哎呀呀,这往后可怎么做人……"一声声低低的叹息落在老街的青石板路上。茉莉穿着月白色的高跟皮鞋,"哒哒哒"地踩着这些闲言碎语走进大院,走上阁楼。有人跟近阁楼后窗凝神静候,可是等了许久,并没有他们所预料的声音传来,一切都如没有发生过一样的平静。人们惊愕之余不免再次感叹:"这家人啊!"他们无法理解,为一个流浪汉离家出走一年的女儿,为女儿的出走抑郁而死在那年冬天的母亲。那要是发生在别的家里,还不闹翻了天,可是这一家,平静得像什么都没有发生过。

此后很长的一段时光里,茉莉坐在母亲生前坐过的摇椅上,看报纸,读时尚杂志。那期间,家里人几次托了关系,要把茉莉嫁到远处去,但是都没有成功。"你还在做梦吗?为这样一个流浪汉毁掉自己的一生,值得吗?"姐姐问茉莉,茉莉一下子就恼了,"他是京城里来的画家,不是流浪汉。"说着,茉莉的目光移向那幅被她视若珍宝的画。

再后来,一场运动打破了旧时的平静,改变了原有的生活轨迹,茉莉成了老街上的保洁员。每天的清晨,茉莉身上罩着宽大的蓝色工服,手里拿着扫帚,从老街一头的最细微处着手扫起。茉莉扫地时从来不抬头,只盯着她手中扫帚所到之处,即便有人经过,扫帚挡了路人的脚步,茉莉依然是不抬头看的,她只默默地停止手里的动作,等那双脚走过去。这样的茉莉仿佛永远都不会觉察到,在她身后的不远处,时常会有几双眼睛内容复杂地盯着她指点议论。不知道从什么时候开始,这条茉莉出生至今仅仅离开过一年的老街上,再也没有人提起茉莉这个名字,取而代之的,是"破鞋"这两个字。

没有人记得那究竟是个什么日子,风吹起正在低头扫地的茉莉身上宽大的蓝色工服,人们这才看清楚,茉莉的工服下面,竟然是藕色的旗袍下摆。不知道从哪里伸过来一只仿佛带着怒气的手,一下就扯开了茉莉身上的工服,藕色旗袍包裹着无比妙曼的身躯展现在人们的面前。再看,茉莉的双脚上,被裹在黑色布套里的,居然是一双白色半高跟皮鞋,她成了那个时代潮流里一个无耻的异类。这一下子就惹怒了整条街,茉莉在懵懂中被一些人带走,晚上送回来时,人便只剩下喘息的力气了。

此后,这样的事在茉莉身上一次又一次地发生,茉莉姣好的容颜在那样的经历中迅速地支离破碎,她仿佛真的成了一朵没血没肉的植物,任由风雨蹂躏摧残,过后,一切便如常。

直到多年以后,在这条走过旧时代,进入新时代的老街上,一个叫茉莉的老人,每天的清晨,身上罩一件宽大的工服,手里拿着扫帚,从老街一头的最细微处着手扫起。她扫地时从来不抬头,只默默盯着手中扫帚所到之处,有风吹过时,她宽大的工服下面,会有某种颜色的旗袍下摆微微扬起,而她的脚上,黑色的鞋套里,一定是一双与身上旗袍颜色相配的皮鞋。

此时,作为敬老院的志愿者,我刚刚为九十六岁高龄的孤寡老人茉莉洗了头,梳了一个整齐的发髻,看着镜子里的自己,她显然很满意。然后,她从身旁的一个抽屉里拿出一幅画在我面前慢慢展开,说:"当年他给我画了很多肖像画,只有这一张最像。"我看到,画上的女子一袭素雅的浅藕色丝绸旗袍,眼波流动,随意挽在脑后的发髻,手托着微微扬起的下巴,凝脂般的腕上斜斜地挂着晶莹剔透的翡翠玉镯。安静中沉淀出古典的风韵,让我想到一个词:风华绝代。

这是我向老人提起的,我说,我想看看她一辈子视若珍宝的那幅画。

深度旅行

当踩上玻璃的时候,苏小染才知道,她还是高估了自己。

一路上大家都在议论着将要抵达的悬崖上的玻璃栈道,在百度上找出它的图片和相关数据,惊险指数让半车的女士花容失色,只有苏小染表现得很淡定。苏小染不是不怕,她只是觉得,无论什么时候,她都有把握掌控自己的情绪。可是当脚实实在在踩上去的时候,她的情绪瞬间失控了——整个人就像悬在半空中,心和身体都像被一双恶作剧的手控制着,随时有被抛下万丈深渊的可能。

这是一队在旅程中偶遇的来自全国各地的人,每个人的周围都填满了陌生。苏小染的无助在陌生的人群中无处释放。她本能地后背紧贴着山崖,手死死抓住栏杆,不敢睁眼睛,不敢动,笔直的悬崖与突兀的高度营造的恐惧还是源源不断地涌进大脑……那一刻,苏小染就要流泪了。

"需要帮忙吗?"一个男低音传来。苏小染被声音惊得把身

体更深地缩向崖壁。

"深呼吸，放松。"一双手拉起她放在栏杆上的两只手，空谷中传来一阵尖锐的鸣叫，苏小染又是一惊，那双手渐渐地加了一些力度，她的情绪才慢慢趋于平静。"如果还是很怕，那就闭着眼睛，跟着我。"她照做。"脚步迈小一点，对，跟着我走就好。"苏小染不知道声音和手来自谁，只知道安全来了，依靠来了，她先抓住那双手，后来又抓着一只强有力的胳膊，当两个人在玻璃栈道上越走越远时，苏小染忍不住睁开了眼睛，她先看到一张帅气的男人的脸，接着，就被眼前惊心动魄的美景攫住了。苏小染惊呼着，松开了紧紧抓着的那只胳膊，调出手机里的相机，把身子倾出去，斜挂在栏杆上，要求对方给她拍照留念，满脑子的恐惧在那一刻烟消云散。

后来苏小染知道他叫宋陶，在外企工作，他每两个月都会抽出一周的时间，选一条路线，做一次深度旅行。苏小染笑笑，说："我也是，两个月旅行一次。"

那天苏小染正在画室里工作，一辆奥迪停在了她的落地窗外，西装革履的男人走进门来，苏小染定睛看去，半天后，惊呼出声："怎么是你？"宋陶英气逼人地走了进来，手里拿着一个粉色包装的盒子，打开，里面一个陶瓷杯子。杯子上的图案是苏小染的漫画像。这是那次旅行时，在一个陶吧，他们两个人共同完成的作品。苏小染已经忘记了，但宋陶却给她送了过来。

两个月后，苏小染决定答应宋陶的求婚。在市第二医院当副院长的母亲告诉过苏小染：二十八岁，再不嫁，之后就会变成恨嫁。苏小染对母亲的话不以为然，但母亲的逼婚却让她像被罩在一张网中，无处可逃。合适的宋陶出现在合适的时间里，仿佛就是为了给美女画家苏小染的婚姻画上一个圆满的句号。

画室在一楼,画室上面三十三楼是苏小染的小窝——一百平方米的房子,典型的北欧风格,画室和小窝是四年前父母送给苏小染的毕业礼物。结婚时,考虑到宋陶那边暂时没有合适的婚房,婚就结在了苏小染的房子里。

　　婚后的生活没有太大变化,忙的时候各忙各的,闲的时候甜蜜相守。依然两个月一次旅行,有时候两个人一起,有时候,时间凑不到一起,就各自旅行。

　　波澜不惊又不乏温馨的婚姻持续到第三年的时候,宋陶那边出事了,在一次校友聚会时,他和小学妹擦出了爱情的火花。这让苏小染很意外。苏小染一直以为,这场婚姻她是可以把控的,宋陶与小学妹甜蜜拥吻的照片出现在眼前时,她才明白,原来婚姻是多么脆弱。

　　离婚没有太多纠葛。房子是苏小染的婚前财产,两个人没有孩子,相互之间经济独立。办完手续后,宋陶开着他的奥迪离开,苏小染的生活穿越回到三年前的样子。伤心是避免不了的,但人都走了,伤心又有什么用。苏小染只是沉默地画画,那段时间她的画出现在各地的画展上,画的标价也上升到了新的高度。婚姻失败了,但是人生却更精彩了。

　　这次的旅行,是探访深山中一个叫天堂的古村落。据说这个村,是几百年前一个叫天荆楚的人的弃官归隐之地,古色古香,又极其考究的民居,让这个村落披上了更加神秘的色彩。

　　苏小染在经过一条狭窄而陡峭的石板路时,一个声音在后面说:"需要帮忙吗?"苏小染回头,一个高大帅气的男人看着她笑,苏小染微笑,然后,把手慢慢伸过去,放在了他伸过来的手中。

白　梅

　　那年秋天发生了一件事——林将军与白家大小姐白梅订婚了。这件美好的事情像初秋的风一样，传遍了凤城的大街小巷。自此，凤城的老街上每时每刻都流传着关于林将军与白梅的话题，人们总是神采飞扬，眼睛里满是喜悦："哎呀呀，真是天生的一对儿……"

　　"可不是，这白家小姐，留过洋，人又长得天仙似的，也只有跟了林将军这样的大人物才算圆满。"

　　"昨晚听到钢琴声了吧？"说的人看一眼不远处白家的小洋楼，"听白家下人说，那是大小姐特意给林将军新作的曲子，昨晚白家的晚宴上，那曲子都把人听醉了。"

　　众人正说着，见一辆黑色的老爷车缓缓驶来，车上一男一女，一个军服，一个洋装，光鲜得如同时尚杂志上走下来的人儿，不用说，当然是林将军与白小姐。那时候，英俊潇洒的林将军与美丽优雅的白梅出双入对的场景，成了凤城最美的一道风景。

　　他们的婚礼，是在林将军接到上级任务，奔赴前线之前的那个晚上仓促举行的。那样的仓促对于凤城人来说是出乎意料的，因为他们的脑海中早就有过千百次关于这场婚礼的预演，所以这个晚上的婚礼虽依然排场不小，但与人们脑海中预演过的场景相比，却还是相差甚远。

　　之后，白梅时常由下人陪着，走过老街，走很长的路来到城西,站在她与林将军分别的那个路口,望着他离开的方向,一站就是大半天。

后来,战争的情形越来越不好,所有的一切在人们一次又一次猝不及防中变得面目全非,当官的与有钱的人凭各自的路子,匆匆忙忙都远走高飞。留下的没有背景的老百姓,眼看这地方待不下去,便也各自逃走。凤城最终变成了一座残破失落的空城。

再后来,战争渐渐平息。人们又纷纷从逃亡的路上回到家乡,各自重新整理门户。等一切安顿妥当,人们才发现了那个衣衫褴褛,常常出现在垃圾堆里捡废品的流浪女。终于有一天,眼尖的人终于认出,那流浪女竟是白家的大小姐。而她身上那件面目全非的衣衫,正是与林将军举行婚礼时穿的洋装。

"真是造孽呀!"一时间,人们无法接受这个事实。而让人们更加无法接受的另一件事,是从前线传来的:林将军牺牲了。这消息的传播曲折迷离,以至于人们始终没有办法搞清楚,林将军是什么时候,在哪场战役中牺牲的。当人们用疑问的目光搜寻白梅,想探究竟时,却发现她也失踪了。

再看到白梅,她依然一身破旧的洋装,低着头,或翻捡垃圾,或背了鼓鼓囊囊的蛇皮袋匆匆离去。只有在每天的黄昏,她才会换一身干净的洋装,站在城西的那个路口,直到黑暗完全淹没她。

很多年之后。那是个天气晴好的下午,凤城 A 大艺术学院一位叫白小阳的女学生,慕名来拜访本学院曾经最负盛名的钢琴老师。当她同退休多年的白老教授一起坐在阳台上,侧目看出去时,洞开的窗外,是从时光深处蜿蜒走来的老街。斑驳的青砖墙上爬了半墙暗绿色的藤本植物,偶有旧的木格子窗子藏在里面,仿佛某一段旧时光里不肯沉睡的眼睛。

阳台一角的书柜上放着一个旧相框。照片里,穿军装的男子

目光深邃,英气逼人,拥在他臂弯里的女子一身白色洋装,眉目如画,眼角唇边溢着浅浅的笑。白小阳看向它的目光安静轻柔,生怕惊扰了什么。

"姑祖母……"终于,白小阳看着照片轻轻地喊出声来,她觉察到身旁的老人瞬间僵住,接着,那目光深深地看了过来。

"我爷爷的书房里,放着几张旧照片。"白小阳再次看向书柜上的旧相框,爷爷常常会捧着照片,给晚辈讲当年林将军与白大小姐的故事。"我爷爷念叨了一辈子,他说,不知当年,姐姐是如何走丢的。"

过了许久,白老教授终于开口了:"不是走丢的,当年,我是躲开家人的视线,悄悄地从那艘开往香港的轮船上逃回来的。因为他走的时候说,让我在这里等他,我答应了的。"白老教授也看向书柜上的旧相框,目光落在男人身上,"如果不是战争来得太突然,也许,此时他就坐在对面的摇椅上,摇椅已经不年轻了,就像这些年我对他的守护,一点,一点,都留给了回忆。"

也只能给回忆了!

白小阳毕业后没有离开凤城,她希望远在新加坡的父母能理解并支持她,因为她决定陪姑祖母一起等那个人,她和姑祖母一样坚信,那个人没有牺牲,他一定在从某个地方走向这里的路上。

就像当年的自己一样。

当年,白小阳就是坚信自己一定能找到姑祖母,才从大洋彼岸飞回来的。

再度缺席

于梦决定跟李柯走。

临走之前,于梦认认真真地把家里打扫了一遍——住了七年的房子,就这样离开,心里是放不下的,但放不下也是要走的。有些事情,不开始便罢,一旦开始,就比所有的事都迫不及待,都重要。

李柯看着于梦,仿佛眼睛里装着整个秋天般深远辽阔又千帆过尽,他说,等了你这么多年,总算没有让我白等。于梦的脸一热,心里也一热,她承认自己让他等得有些久。她是个什么事都要弄清楚的人,有这个家,她就不允许同李柯有丝毫暧昧,要选择李柯,她就一定要和这个家撇清关系。李柯总是能看透她的心,知道她需要什么。

说实话,最初遭遇李柯的纠缠时,于梦是相当反感的。那时候,她在这个家里已经生活了四年,是她的生活最平静安逸的时候。她调任新的部门刚满半年,也是她在工作上最得心应手的时候。于梦珍惜生活的平静安逸以及工作的得心应手,她对半路杀出来的李柯唯恐避之不及,从来对他都是客气到冰冷。

那个秋天的气候有些忽冷忽热,于梦是在这样的情况下突然发病的,开始的时候,是隐隐的不舒服,不影响吃和睡,却让人的心情异常烦躁不安,脸色也越来越差,于梦没有诉苦,她的不舒服便完全被他忽视。既然被忽视,于梦更是赌气似的干脆什么也不

说,有些东西,如果非要用争取来得到,实在是太没有意思了——比如此时她所需要的,被最在意的那个人悉心呵护,没有,她是断然不会去要的。

到了晚上,于梦心里是窝了火的,不窝火才怪。而一窝火,她就感觉腹痛难忍。家里又是空荡荡的,那个人还没有从酒桌上回来。于梦准备自己去医院,临出门,她忍着痛在微信里发了一句:如此的疼痛,去医院的路究竟有多远。发过后,刚刚步出门电话便响了,一个陌生的号码:"你马上下楼,我送你去医院。"愣了半天,于梦还没有明白这句话来自谁。耳边又听到一句:"我,李柯。"那时候,于梦心里又失落又委屈地嘀咕了一声:该出现的人怎么不出现,不该出现的却来得挺快。嘀咕完,她轻轻地回一句:"谢谢,不用。"便挂了电话。

于梦捂着肚子艰难地走到楼下时,还是看到了李柯,仿佛他一直都等在那里。那天的情况是于梦想象不到的危急——宫外孕导致大出血,医生说,如果她再晚来一会儿,可能就没命了。在医院的那几天,于梦渐渐意识到,她与李柯已经认识两年了,而更不应该的是,她居然一点点回忆起两年来,这个人对她的各种默默关注与看似无意的帮助。虽然来自他的那些帮助于她来说都是无足轻重的,但心里依然是温暖的,那种她试图逃却逃不开的温暖,突然有些打动她,但也仅仅是一瞬,那一瞬间过去,她想,她准备给他的,只能是如冰般的客气。

如果不是于梦后来对这个家真的失望了,她的生活中应该永远不会有李柯什么事儿。最近半年,那个人回家的次数越来越少了,甚至有时候一个月都难得见到他几次。很多时候,于梦面对自己亲手经营的这个家,心里的委屈便会如潮水般涌来,为什么越是看重的就越容易失去。

晚上七点三十五的火车,还有三十五分钟,也许李柯已经在火车站等了。于梦穿上外衣拿上背包出门,包里装着一份离婚协议,半个月后,她会寄回自己刚刚走出的这个地方。

于梦醒来时眼前晃着几个白色的身影,细看,才发现自己身边围着医生和护士:"我怎么了?"

"你在火车站广场晕倒了,现在感觉怎样?"面前的女医生回答。

"哦,我的包呢?"于梦此时彻底清醒了,自己应该是躺在救护车上。

"我们赶到时没有看到包,只看到你手里握着这个。"女医生从白大褂口袋里掏出她的手机,"我们在你手机中找到你老公的号,已经给他打过电话了。"

于梦的老公是在凌晨一点赶到医院的,他的生意越做越大,他时常要全国各地地跑,回家的次数越来越少了,这一次,他是从深圳坐了两个多小时的飞机赶过来的。而李柯呢?后来于梦报案寻找那天丢失的行李,警察调出了视频,于梦看完视频得出结论:她那天晕倒后是李柯打的120,也就是说,在危急关头,李柯把她交给了医生才离开的。

也许,她应该在心里感谢他!

可是。于梦皱着眉不甘心地想,生活究竟出了什么差错,为什么该出现的人总是会缺席。

烟　灰

莫北第一次看到子尘抽烟,是在一个叫作烟灰的酒吧里。那时候他的心莫名地痛了一下。那也是他第一次看到子尘去酒吧。

酒吧藏在小城的一处角落里。酒吧很小,但用子尘的话来说就是,它太有情调了,让人中了蛊般想要往那里去。

莫北是在跨进门的一瞬间看到那个瘦瘦的身影的。那时候酒吧里就她一个人,孤零零地坐在吧台边,右手的食指和中指间夹着一支香烟很随意地举着,半眯着眼睛斜着门。当看到走进门里的他时,她先是睁大了半眯着的眼睛,然后慢慢地收回如梦似幻的眼神,端起面前的一杯酒倒进嘴里。疼痛而玩世不恭,对,就是这种感觉。莫北在心里说。

子尘说,莫总你也知道这个地方呀。

子尘是莫北公司的员工。莫北公司里的女员工各有各的特点,子尘的特点就是清纯而阳光。

莫总,您好,我叫叶子尘,是来应聘的。当莫北把头从面前的文件上抬起来时,叶子尘清清纯纯、一尘不染地站在他的面前,她躲开他注视她的目光,微微地低着头,一绺直发轻轻地滑过肩头。

从那天开始,叶子尘就成了莫北公司设计部的一名职员。

莫北的公司遍布全省,他总是不停地穿行在全省各地,去打理他的公司,当然也顺便打理一下别的事情。比如那些等待他随时去跟她们说些什么或者是做些什么的女人们。

对于事业,莫北从来都是找准时机主动出击,在商海里畅游。对于女人,莫北说,还是一切随缘吧。但你却总会看到那些如飞蛾般扑向他身边的漂亮且时尚的女人们,无论她们是个性奔放还是含蓄内敛,到了莫北这里都成了清一色的柔情女子。

莫北打理事业从来都是不遗余力,对于飞向他的女人们,莫北也从来都不吝啬他的温情。他把他的温情和能给的一切都散发给她们。莫北点燃一支香烟,深深地吸一口,吐出一连串的烟雾,然后看着那些如醉如痴的烟雾说,生活其实有时候挺无聊的,哪怕你拥有的再多,而女人不同,她们会给我无聊和紧张的生活带来美妙的感觉。莫北弹一下烟灰接着说,但男人和女人交往一定要有个度,度是什么,就是不要给自己和别人带来任何的麻烦。莫北把尾音落得干脆利索,一如他惯常的作风。

当然,除了那些如飞蛾般飞向他的女人,莫北有时候也会主动去靠近某个让他心动过的女子。但莫北说,靠近不等于强求,一切还是要建立在平等自愿的原则上。子尘就属于这一类,像别的漂亮且时尚的女孩子一样,莫北用他成熟男人的魅力,轻而易举就把她俘获了。

子尘却不能够从容地对待莫北给予她的一切,她只单纯地守候了一种感觉,对于别的都视若无睹。当她确定莫北只能给她这么多时,她在莫北为她准备的办公室里,把自己忧伤成一株缺乏阳光和水分的紫罗兰,一天天地枯萎着。直到像被蛊惑了一样一次次走进这个叫做烟灰的酒吧,一次次把一种很男人的香烟很不协调地夹在她细长的指间。

莫北看一眼子尘苍白的脸,又看一眼子尘手指间的香烟,莫北说,子尘,求求你别这样,你这样会让我心疼的。子尘弹一下烟灰,幽幽地说,生活中一切美好的东西,就像这支烟,总有灰飞烟灭的时候。知道吗？你就像这个叫做烟灰的酒吧，让我中了蛊。

莫北端着一种叫着螺丝起子的鸡尾酒，看着子尘把一杯杯红色的液体倒进嘴里，直到她柔柔地贴在他的身上。

他知道她醉了，但他不知道她是第几次这样忧伤到醉的。

他抱起她走出酒吧，把她轻轻地放进车里，然后开着车行驶在夜幕中。

车子徘徊在他的别墅和子尘的单身公寓间的那段路上，当徘徊过Ｎ次后，他把车停在了子尘的单身公寓的窗下。他静静地看着面前这个熟悉的女子。

莫北在心里对自己说，我也许无法不让女人忧伤，但我不能让女人如此忧伤，更何况，还是这样一个女人。

当阳光丝丝缕缕地撒在子尘的脸上时，莫北对子尘说，我想好了，离开你，只能让你更忧伤，所以我决定走近你。睡梦中的子尘轻轻地翻了一下身，让头发遮掩着她光洁的面孔，也遮掩着她内心的一切和眼角的雾气。

从那天开始，子尘消失在莫北的生活里。

莫北在第七次来到这个叫烟灰的酒吧后，端起一杯螺丝起子说，子尘说得对，这个叫做烟灰的酒吧，的确让人像中了蛊般想要来这里。可是子尘，你不是烟灰，你怎么能让自己如烟灰般消失得无影无踪呢？

风微凉

书吧很小,开在一间旧的木屋里,木屋藏在老街的拐角处。

叶子尘捧着一杯卡布奇诺,面前摊开着一本旧书。她一边读书,一边喝咖啡,偶尔,抬头看一眼周围。书吧里的客人不多也不少。在叶子尘的预想中,这一切都刚刚好。

把生活过得慢一点,安静一点,有什么不好呢?

有人按呼叫器。叶子尘拿起咖啡单走过去,抬头,整个人却僵了片刻,随即,展开笑颜:"莫总,你怎么会有时间,来消磨时光……"

莫北微笑,轻声说:"坐下说好吗?"

叶子尘扫一眼他对面的软沙发,斑驳的阳光轻盈灵动,这里的每一个位置都是适合谈情说爱的,但不适合她与面前的这个男人。他们的故事早就过去了。

"不了,莫总,我在工作。"

一杯摩卡送过来,叶子尘重新坐回吧台后,翻开了那本旧书。

此后,每天下午,莫北都会坐在那个位置喝咖啡,看书。更多的时候,是带着电脑处理公务。

这样的状态持续了二十天,莫北突然消失了。叶子尘看着那个空位置,轻轻地吸了一口气,眼角却泛起了泪花。她对自己很满意,把盔甲铸得足够坚硬,把疼痛藏得足够深。叶子尘清楚地记得莫北半年前说过的那句话。

半年前，莫北手机里的一则暧昧信息，让叶子尘泪流满面地对着莫北说，我一定是上辈子欠你的，这辈子，才会在你的不在乎里，死心塌地地做你的 N 分之一。

莫北却心疼地开导子尘：人世艰难，谁都不欠谁，活好，活精彩，别乱想。对自己，对父母，对家庭，多关心，其他都是路边的凉亭，可供歇脚，但不适合久留。所以子尘，你应过得开心，放下一切不快。

子尘愕然。莫北接起一个电话转身离开。

子尘后来问过自己，她的生命里，如果没有出现过莫北，是不是会生活得更好？答案很纠结，子尘忘不了与莫北在一起的美好时光，却坚决不做莫北精彩生活里的凉亭。

几天后莫北再次出现时，叶子尘的心里已经平静许多。

依然是一杯摩卡送过来。

"子尘，坐下，我们聊聊，可以吗？"莫北小心翼翼的，声音里透着乞求。子尘心里一疼，莫北什么时候会求人了。当年的莫北，如果能对她多在乎那么一点，她又怎么会离开得那么决绝。子尘再次想起莫北关于凉亭的那段话，嗓子里又是一阵堵。

"对不起，莫总，我正在工作。"

莫北的眼睛里是无尽的失望。可是子尘已经转身离开。

子尘以为莫北很快又会消失，所以，那些日子，他来，或者不来，她都很平静。

当所有的一切都结束的时候，你还有资格酝酿其他的情绪吗？

只是，莫北没有消失。老街的另一端有几栋美式洋房，莫北买下了临街的一栋。很快，那房子开始装潢。再过一些日子，一家名叫 BLUE 的咖啡屋开业。莫北把一纸合同拿到子尘的面前谈合作。子尘不懂，拒绝。莫北却拿出另一份文件，文件上用红笔划出的内容显示，子尘书吧所在的位置，半年后就会拆迁。

子尘不禁再次感叹，这样的信息，莫北总是能够在第一时间知道。也算给她争取了时间，书吧要如何处置，她至少可以从容不迫。

咖啡屋的合作很快谈妥。子尘入百分之五的股份，全权打理一切事务，剩下的百分之九十五由莫北承担，五五分成。子尘拒绝，说分成不公，给她的太多。最后，两人经过几番争执，盈利按莫北六，叶子尘四的分配方式。

莫北继续为各处的生意忙碌，闲的时候就来咖啡屋坐坐。

子尘对生意尽心尽力，咖啡屋经营得红红火火。可是一年一年过去，子尘和莫北的关系依然像两条平行线。好友易拉问子尘，难道就准备这样一直单下去？

子尘看向莫北常坐的那个位置，现在，它空在柔软灵动的阳光里。

子尘说："有一种男人，你遇到了，爱情就再也不会将就了，可是，让人无奈的是，他最终也成了你的将就。"

莫北常常坐的那个位置的窗外，是依然郁郁葱葱的九月，叶动，风微凉。

叶子尘却已经埋头于电脑屏幕，进入了工作状态。

给点声音

"给点声音。"坐在副驾的小北无精打采地摆弄着手机,整个人仿佛裹在黑色里,暗淡、空洞。

"嘟嘟"短促的鸣笛后,车子匀速前行,六十码显然是一个不紧不慢的速度,让人感觉安全稳妥,却让此时的小北感觉心里烦闷,"拜托,给点声音的意思,你是怎么理解成让按喇叭的?"话音未落,小北却忍不住笑翻了:"你太有才了。"笼罩在周围的暗淡灰色似被这笑声一点点驱散,看到小北笑成一枝三月的桃花,李大卫的嘴角不动声色地挂上了一丝笑意,心终于放回了心的位置。然后,李大卫打开车载音乐,莫文蔚版的《close to you》以其独有的节奏流淌在车内。"还是原版更好听。"小北说,虽然她向来觉得莫文蔚是个天才歌者。

"回去就买 Cranberries 版的。"李大卫答,外语部分的发音相当到位。

"那边不好吗?"小北眼睛看着前方轻声问。

"好。"

"都哪儿好?"

"空气好,城市干净,不拥挤,路上很少堵车,总之你能想到的都不错。"

"那么好,你还回来。"小北的声音低了下去,语气里夹杂着些许不满,李大卫当然听出来了,心里却生出暖意,对他来说,此时小北对他的恨,也能让他感觉幸福的存在。大洋彼岸的生活是一部分国人向往的,当然也是李大卫向往的,但是向往归向往,而真正可以梦想成真的,却只有少数人。李大卫想,自己应该属于梦想成真的那部分人。在那边,他的公司经营得风生水起,绿卡办得很顺利,该有的一切都有,可是最后他才发现,那边的生活里没有小北,而没有小北的生活让他感觉没有丝毫意义。他一直以为,早晚他会把小北带过去,对他来说这根本不是个问题。但是他没有想到问题出在小北这边。

李大卫和小北都是学教育的。李大卫毕业后考了博士就出去了。而小北根本没有再考的打算,也没有接受父母的安排去某个教育部门工作。小北的这些决定李大卫都是不反对的,为什么要反对,一个那么柔弱的女子,没必要把自己搞得像个女汉子,尽管他们相隔在大洋两边,但那都是暂时的,他相信有他在,她就有一切任性的资本。李大卫纵容小北的任性。他知道小北毕业后整整两年都没有工作,知道小北哪天买了辆白色的指南者轿车,知道小北在一次自驾旅行的途中,把指南者停在了深山里一所破旧的学校门前。李大卫看到小北发来的图片,小北告诉他:"这么简陋的一所学校,居然承载着山里孩子的小学和初中,以及他们全部的梦想。"再后来,小北得意地告诉李大卫,她可是找了关系才进入这所学校的,她来后负责初中的所有课程。那时候李大卫在电话另一端轻轻地笑了笑,那笑里依然是纵容。

小北工作后,他们的联系明显少了,不是深山里信号不好,就是小北在忙。而同样的,李大卫也在忙,那几年,公司的起步和发展耗去了他全部的时间和精力。当李大卫后来预感到有问题的时候,就听到那个消息——小北去相亲了。李大卫把电话打过来。小北却只回他一句:"你不会回来,我不会出去,而我也不想让自己成为剩女,就这么简单。"

相亲当然没有结果,因为小北不同意辞职。从这座山里出去的那个人,一直读到博士毕业后留在省城,他因为小北选择了这份工作而爱上她,却因为小北不肯辞职拒绝与她交往下去。这让小北很郁闷,也很受打击。她只是想把自己学到的,用在最需要的地方,懵懂了这么多年,她以为终于找到自己的价值了,却不想,与她无关的人都在肯定她,而与她的生活有关或者将要有关的人,都在反对她。李大卫就是在这个时候,从大洋那边飞了回来,并且很快在省城创办了分公司。

"因为你不出去,所以我就回来了。"李大卫说。

"那你还走吗?"小北问,她看到前方的那处洼地,她很熟悉这段沼泽路,一般情况下,路面还说得过去,但只要下点雨,整条路就被泥水覆盖。那时候,她和她的指南者在这样的路况中,往往显得力不从心。

"走不走,一切取决于你。"白色指南者拐了个弯,那所学校便出现在他们的视线里。此时,莫文蔚版的《close to you》刚刚开始唱第二遍。

"以后不知道,但是,我现在还不想离开。"小北看着李大卫,目光里有一丝不安。

"那就留下,我说过,有我在,你就拥有一切任性的资本。"

阳光是突然明媚起来的。指南者已经停在学校门前,小北看到学生们向她跑了过来。

落花飞

周小彤从车窗里望出去，不经意间，就看到了悬挂于对面大楼上大幅的婚纱照，照片里的男子和女子很养眼地定格成幸福的画面。车被堵了半首《落花飞》的时间，周小彤就呆呆地望着那个画面，直到后面喇叭声催促，周小彤才收回目光，一脚踩下油门。

就在那一刻，周小彤在心里做了个决定，她决定去见见那个女人。

这场雨是午后下的，下得很急促，雨点也很大，只几分钟，就淋透了整条街，然后，雨懒洋洋地收工，炫耀似的，把挂了一树的水滴留在秋天的这个下午里。周小彤把车驶进樱花路，在目的地附近的一个停车场找到位置，泊好车，她却没有即刻下车，因为，她无法压下自己的心慌。

老吴是早上九点半给她打的电话，尽管老吴拿捏得像往常一样不动声色，但她还是在电话里听出了他的有气无力，老吴说：你再等等，这几天我要去上海，我不在家，你要照顾好自己。老吴强调了这个"家"字，最近老吴常常有意无意间强调一下这个字，让周小彤觉得，老吴还是很在意有她的这个家。

周小彤稍微坐了一会儿，瞄了一眼车窗外，在这个位置看不到她的目的地，她在心里暗暗地骂了自己一句：有什么好紧张的。然后，她用手轻轻抚摸了一下肚子，拿起包下车，径直走了过去。

樱花路是一条从一开始就没有规划好的小商业街,路两侧无序地排列着各色小商品店。让周小彤没有想到的是,樱花打印部今天没开门。周小彤就这样毫无防备地吃了个闭门羹。

周小彤向四周看了看,走进了樱花打印部旁边的女鞋店,店里的女孩坐在柜台后,瞄一眼一身名牌的周小彤,目光又回到了手机屏幕上。周小彤在心里默默一笑,女孩像极了两年前的自己,傲慢是她对周围一切的态度。

周小彤心不在焉地在货架上扫了一遍,这种档次的鞋子自然入不了她的眼。周小彤随便选了一双细高跟的鞋子,价钱一百二十,正要转身时,看到旁边一双平底的圆头软鞋,很粗糙的样子,价钱却是她手里鞋子的三倍。这两年周小彤多了个习惯,凡是看起来贵得不值那个价钱的东西,她都想探个究竟,反正闲着也是闲着。

周小彤对着柜台喊:"老板,这两种,各拿一双三十六码的试试。"

女孩仿佛不太情愿地看了她一眼,皱着眉放下手机,在柜台旁边翻捡出两个鞋盒走过来。周小彤先试了那双高跟鞋,只一眼,就看出了不如意,随即她又试了另一双,脚伸进去,有种怪怪的感觉。周小彤抬头问:"这鞋怎么长这样?"

"这是孕妇鞋。"又看到女孩傲慢的眼神,周小彤被女孩的眼神刺激了——那种对一切都傲慢到无理的眼神,正是她们心中对眼前生活最不满的表现,那样的感受周小彤当然记忆犹新。两年前,周小彤正是在那样的生活里认识老吴的。

"要了,你可能看不出我怀孕了,快两个月了。"周小彤拿出卡递过去,女孩脸上的傲慢抽了抽,依然是傲慢,周小彤这时候开口了:"麻烦问一下,旁边的打印部怎么没开门?"

女孩冷冷扫过来一眼:"可能以后就没有打印部了。"

"为什么?"周小彤差点跳起来。

周小彤惊讶的表情引起了女孩的兴趣:"关你什么事?"

"呃,不是,我来打印。可是她为什么不干?"

女孩瞅了周小彤足足半分钟,说:"她早该不干了,知道为什么吗?她老公是大老板,知道她老公怎么当上大老板的吗?听说当年他们就是在这个打印部掘的第一桶金。"女孩停了停又说,"我一直不明白她为什么要坚持开这个店。"这也是周小彤不明白的,老吴说过,咖啡店、茶楼,或者全职太太,随她挑,可她就是不离开打印部。女孩又说:"她那样的女人要什么有什么,唯一缺的,就是有一个自己的孩子。我这店是从我妈手里接过来的,我妈可算是她的老相识了,听我妈说,孩子她不是没有过。几年前,在她怀孕三个月的时候,有一天她在街上看到自己老公拥着一个陌生女人从她面前走过,她气得摔了一跤,从此就再也没有怀过孩子。"

周小彤定定地看着女孩,手轻轻抚着肚子,这个是老吴离婚娶她的最大资本,此时让她有种莫名的恐惧。周小彤真希望老吴昨天晚上没有如他们约定的,向那个女人提出离婚。周小彤转身,走出鞋店,天色已近黄昏,听到女孩在身后喊:"喂,你的鞋,这孕妇鞋穿上很舒服的。""用不着了。"周小彤回答。"那我退你钱。"女孩又喊。"不用。"周小彤没有回头。身后,女孩看着周小彤离开的身影,眼里依然是近乎无理的傲慢。

陶　艺

　　木子是涂涂陶吧的老板,偶尔,我会把我的某段时光浪费在他的陶吧里。木子常用一种让人感觉很久远的语气,在某个下午,在某一杯茶的氤氲气息里,向我讲述一个听起来很老的故事。

　　那天,木子的故事讲的是一个叫尤尤的失忆的女孩儿。

　　她原本是一个漫画作家,她爱着一个喜欢陶艺的叫杜达的男人。她常常陪着杜达来陶吧。每次来,她都静静地坐在旁边,看着他操作。她自己却从来没有动手做过一件陶艺。杜达是一个"土和火的艺术"天才,每一件陶艺在他的手里诞生时,都伴随着一种生命的震撼。奇怪的是他却不是一个专业的陶艺艺术家,他是一名外科医生。每天都要面对的是血淋淋的外科手术,以及一个又一个无能为力的生命终结,常常会给他的灵魂带来摧残性的重负。陶艺是他用来释放所有重负的一种形式。只有让那些在他面前残缺或者逝去的生命经过他的手,在陶艺中完美的重生,他才能安稳地度过每一个夜晚,不然,黑暗会像无数的虫子,把他的睡眠吞噬得千疮百孔。

　　虹是唯一在他的手中不需要他用陶艺来呈现的完美。

　　虹被送到医院时,是一个面目全非的血人。她是被救护人员从一辆面目全非的高档轿车里扒拉出来的。据目击者说,那辆红色的轿车以飞跃的姿势,跨过黄河大桥的一处桥栏,划出一道无比优美的弧线,扑向了一处遗留在河岸上的断墙,那堵断墙在轿车的冲击力下轰然倒塌。伴随它的是来自桥上的一阵惊呼声,过后有人说,这绝对,比电影中的经典片段还要经典。

手术室里,杜达先清理虹的头部。一点一点地清理掉血迹,他的面前出现了一个完整的头颅,完好得甚至连一点刮伤都没有。助手用医用剪刀去除了虹身上的衣物。接着再往下来,脖子,肩膀,胸,一直到脚趾,竟然,除了左手,她的身体再没有一点伤口。

他拿起她的左手,那里还在汩汩地冒着鲜红的血。他很细心地一样一样来,止血、接骨、缝针、包扎,这四个过程用去了他整整两个小时。

再接下来是一次又一次的换药。虹每次都安静地看着他,似乎她关注的不是她左手的那些手指还能不能恢复,而是他能不能完成对它的再造。这样的关注也许最终的实质是一样的——那就是她的左手会不会像从前一样完美,但具体的过程在微妙处却是不同的,她关注的是他的,而不是她的。

一个月后虹出院了。那只美丽的手上留下了一道很狰狞的疤痕,但看起来恢复得真不错,对于他来说,这已经是最好的结果。只能是这样了。

他依然在每天下班后带着尤尤去陶吧。他在尤尤的目光里做了一个美丽的蓝瓷花瓶,花瓶有着优美的曲线,光洁柔和的釉面。他把它送给尤尤,她欢天喜地地捧在手中,称赞它简直太完美了。之前他也曾经做过一个手的陶艺,做得异常精致,可惜的是,在烧成的过程中,它却报废了。这让他再次想起那道很狰狞的细细的疤痕,手术刀,是永远不能再造完美的。

然而有一天,在他的办公室里,他看到了虹。她把她的左手伸给他看时,他惊呆了——那上面的皮肤光洁细腻,竟然找不到

手术刀留下的丝毫痕迹。虹笑着说："谢谢你,你的手术刀竟然可以再造完美。"他捧着那只手,想到的却是在他面前优美地旋转的陶艺。

从此后,那只完美的手就像一块磁石,他不可自拔地迷失在强磁场中。以致他丝毫没有注意到尤尤黯然的眼神。在他一次次带着虹一起去做陶艺的那些日子里,尤尤抱着那个花瓶,画了一屋子的油画,那些油画里全是各种各样的陶艺。终于,尤尤和她的花瓶倒在了一阵刺耳的刹车声里。

花瓶和尤尤的记忆同时碎了。从黑暗中醒来的尤尤不知道自己是谁,不知道杜达是谁,甚至不知道那一屋子奇奇怪怪的油画是怎么回事。但让人不可思议的是,她那么痴迷于陶艺。她每天都跑到陶吧,很投入地捏着泥巴,杜达就陪在她的身边。可是她真的想不起来他是谁,怎么都想不起来。

后来杜达在老城区开了一间陶吧,每天看着尤尤在他的目光里做陶艺,而他自己,却再也做不出一件陶艺。

因为,没有什么可以把一段破碎的记忆完美地呈现。

这时候,木子不经意把目光投向了一扇窗。窗前,一个女孩儿坐在淡淡的光线里,很投入地捏着手里的泥巴。她看起来宁静得像这里的时光。

再看木子,他已经转身忙他的去了,故事就这样戛然而止。我被轻轻地抛回现实。我意犹未尽地看着木子,难道,他曾经是个外科医生?

可是,怎么会呢。

爱上三毛

电话是木马打来的。电话里我听到舒缓的班得瑞轻音乐。

木马的下一个人生目标是，爱上一个不平凡的女人，演绎一段经典的爱情故事，为他锦般的生活添上花。而我最大的心愿依然和三年前一样，写一部像《撒哈拉的故事》一样不朽的作品。

木马在电话里告诉我，他爱了，爱上了一个三毛一样的女人。我很夸张地大声说，祝贺祝贺，你终于给自己的剩余时间找到去处了。木马却说，什么？爱情让我的时间泛着钻石的光，珍贵得不得了，没有丝毫剩余。我身上什么地方疼了一下。我说，那你恋你的爱，我写我的小说……电话的忙音打断了我，木马早挂了电话。木马对我的小说一向不屑。他曾经很不屑地说我写那些东西是纯属无聊，是浪费青春，是无病呻吟，并断言我的无病呻吟永远也成不了气候。我当时看着他满脸的不屑很无所谓地说，喊！

木马说，我是在海景咖啡屋看到她的。她披着一头黑色的乱蓬蓬的鬈发，蜷缩在藤椅上看着窗外，满眼的苍凉，像极了三毛的样子。后来我才发现她面前放着一本三毛的《梦里花落知多少》。再后来我知道她是那么喜欢三毛。木马说，暖暖你那里有三毛的书吗？对，全部。为了她，我要重读三毛。

我把头转向身后的书橱，那里有整套三毛的作品。我身上什么地方疼了一下。我一定是要生病了。我告诉木马，你来吧，但

我这里只有一本《哭泣的骆驼》。我听到木马在电话里兴奋地号叫着。放下电话,我用一个深色布帘子遮住了三毛所有的书,只留下一本《哭泣的骆驼》。那是我留给木马的。

木马拿着那本书离开后,我强迫自己坐在电脑前,这几天一定要结束那个永远也写不完的中篇,一定要给它一个不同凡响的结尾。真的不能再拖了,不然我会崩溃的。

木马的电话一个接一个地打过来。他说他真的有点怀疑三毛和荷西就是他们两个人的前世,他愿意带着她浪迹天涯。我在电话这头静静地听着木马的滔滔不绝。我的情绪很低落,因为我没有办法给我的小说一个不平凡的结尾,也无法忍受它长期处于半成品状态,要知道对于一篇小说来说,半成品完全等同于废品。

我不知道木马会在什么时候带着他三毛一样的爱人去浪迹天涯,但我知道我必须离开,马上。于是我背着一个大大的瘪瘪的黑色双肩包,坐上了一列在凌晨两点三十八分经过小城的火车。出门前,我把手机关掉,放在电脑旁。

火车终于停在了终点站。我是在黄昏时住进那个破旧的小客栈的。店主说,慢慢你就会喜欢上这里的。店主走出去后,我看着灰蒙蒙的天空在心里想,鬼才会喜欢上这样一个破地方。胡乱填饱了肚子,我在这个陌生的夜里把自己睡得天昏地暗,我的睡眠里一片静凉。足足有一周的时间,我待在旧的小屋子里足不出户。醒了就读背包里的三毛,困了就睡觉,饿了就请店主把食物送进房间里。本来就应该这样子,我要的只是离开,无所谓什么地方。

我是在第八天背起行囊重新离开的。火车绕过小镇的东边。火车上我看到了近的田园,远的黛山,像棋子一样随意撒在田园间隙里的屋舍,那些房屋有着哥特式的尖尖的屋顶,每一处门前都有一条弯曲迂回的小径。我趴在车窗上,窗外是一幅绝世的油画。我的心里突然有些不舍,可是火车鸣着笛,丝毫没有停留的意思。想起初来时店主说的话:你会喜欢上这里的。我的喜欢开始在离开时。

我终于为我的小说找到一个还算满意的结尾。尽管它看起来再普通不过了,但它让整篇文字显得鲜活而有意义。这就足够了,不是吗?

开机半个月后接到了木马的电话。那时候我的那个中篇刚刚在一个刊物过了终审。电话里传来木马低沉的声音:我们分手了。为什么?我问。

半分钟后木马按响了我的门铃。原来这家伙站在门外打我手机。木马看着我笑,然后握住我的双手说,暖暖,我向你求婚如何?我知道这么多年你一直在等我。站在木马的面前,看着他的眼睛,我心静如水,这让我很意外。我抽出双手说,不习惯这么俗套的玩笑。突然想起一篇小说中的一句话:你终于来了,在迟了的那段时间里。

木马离开后,我走近书橱,拿掉了那个深色的帘子,三毛所有的作品再次出现在我的面前。那是三年前认识木马后,我一本一本从新华书店买回来的。那时木马说过一句话,他说所有的女作家中,他最喜欢的就是三毛。

春　逝

　　韩默默是个生活得有点儿懵懂的人。

　　比如花开的时候，她会久久地站在花前，却弄不明白，那朵朵黄色的小花究竟是迎春还是在炫耀美的。不过这并不影响韩默默赏花的情致，谁说看花就非要准确地知道花的名字。

　　韩默默对春天最深刻的记忆就是桃花。当春天还处于萌芽状态时，她就开始盼着去看桃花了，但是很遗憾，韩默默俯在阳台上远远望着楼后的花园兴奋地以为桃花开了时，站在身旁的李菲却面带鄙夷地说，拜托，楼下那是榆叶梅好不好，桃花再过一周才能开。说完后李菲用眼睛睐一下韩默默咧嘴地笑着。她脸上却带着淡淡的无所谓，我还以为是变种的桃花呢。

　　韩默默和李菲是师大的同学。毕业后李菲做的第一件事情就是把自己迅速嫁给了一个刚刚离过婚的房地产商，过起了与众不同的生活。而韩默默在毕业后的这几个月里，做的最重要的事情就是在一个叫着"S"的女子健身俱乐部当民族舞教练。最近因为正在进行的一场舞蹈赛事，拉近了彼此之间的距离，李菲没事的时候就会来韩默默这里坐一会儿。李菲的老公是这个赛事的主办方之一，而韩默默是经李菲举荐参赛的。

　　这几天据说桃花真的开了。

　　韩默默便央求李菲和她一起去看桃花。说实话桃园有些远，若是自己搭车去七拐八拐的是件很麻烦的事情。李菲不是有车嘛。但李菲却说，没时间，我可没有你那样的闲情逸致。李菲说完开着车跑了。

三十八路公交车经过一段时间的走走停停后，把她放在了一个丁字路口。下车后韩默默才想起，怎么就没有问问司机哪个方向才是去桃园的路。韩默默看看左边又看看右边，路上只有少数几辆疾驶而过的车，没有行人。她只知道还有半里路就到桃园了，但究竟是走左边还是右边，在目前状态下这的确是个很让人费脑筋的问题。

就在韩默默皱着眉犹豫不决的时候手机响了一下。她按下信息键：你可以到我办公室来一下吗？韩默默咬着嘴唇盯着信息中的那个问号。这个问号这些天似乎和她较上劲了，能？不能？赛事到了最后的关键时刻。她表演的独舞《蝴蝶》是有可能拿冠军的，但仅仅是有可能。这是那个特邀专家评委路之一当着韩默默和李菲的面说的。他还说拿了这个冠军，就算真正走上了舞蹈艺术之路。李菲在韩默默的耳边轻声说，好好努力，争取拿冠军。李菲又说，路之一是全国负有盛名的舞蹈表演艺术家，他是这次赛事中举足轻重的人物。李菲说这些话时意味深长地看着韩默默。

决赛之前路之一把韩默默叫进他的办公室聊了一次。聊了他多年的舞蹈生涯，接着说到西方的音乐发展对音乐的分解，二十世纪初现代舞蹈理论对舞蹈动作的解构，以及舞蹈中的时间、空间、力量和音乐中的旋律、节奏、谐音之间的对应。静静聆听的韩默默是一贯的懵懂。她的面前放着一本杂志，封面是杨丽萍起舞时的一个侧影。韩默默的手指轻轻触着那个美丽的封面，就在那时，路之一的手伸了过来并握住了韩默默的手。韩默默最初表现出的是慌乱，接下来还是慌乱。一再处于慌乱中的韩默默满面

绯红地抽出自己的手,并疾步走出了路之一的办公室。

韩默默把手机放进右侧的衣兜里,然后望向远处。她决定向左走。

韩默默是在天快黑的时候走进一个村子的。她问村子里的一位大姐桃园的位置。大姐说,你是从公交车站牌那里走过来的吗?哎呀呀,错了错了,你走的这个方向离桃园是越来越远了。

韩默默走出村子,看着渐暗的天色,然后干脆坐在麦田边上拨通了李菲的电话。

回来的路上,车里播放着左小岸的《春逝》。李菲嘻嘻笑着说,我真是服了你了。韩默默心里却有些懊恼,不就是走错了方向吗?没准你错得更严重。你都走向相反的方向了,我还能怎么比这个更严重。笑完了李菲又说,明天比赛的事情怎么样了,有把握吗?你看咱们那帮同学哪个不是在各显本领,好不容易有了这么个机会,你别总是糊里糊涂。

韩默默看着李菲,半天后说,明天的比赛我会尽力的,不过现在你得先送我去"S"女子俱乐部,我今晚八点钟还有一节课。

然后,韩默默拿出手机看着信息中的那个问号,按了删除键。

直到春天快结束的时候,韩默默都没有看到桃花。她是有点儿忙,找工作,带课。

韩默默对着即将来临的夏天说,那就明年吧,明年一定能看到桃花。

一树樱花落

白兰兰走过去,对着那个坐在地摊前,喝着一瓶廉价啤酒的男人说:"我知道你会永远爱着我的。"听到这句话后,男人手里的啤酒瓶举在空中,眼神迷茫地看着白兰兰。白兰兰仰起头,来了个非常优美的转身,没等男人嘴里发出第一个音节,她便飘向远处。男人伸长了脖子,看着白兰兰越来越远的背影,眼神越来越迷茫。

很多年前的那个午后,白兰兰是被一阵笛声引到男人面前的。她看到他坐在一株樱花树下,吹着一支竖笛,一阵风吹来,树上的樱花纷纷飘落,那些纷纷的花瓣像和着优美的笛声在空中飞舞。男人的眼神清澈,明净。那样的眼神看着白兰兰时,白兰兰听到阳光沙沙地落在地上的声音。白兰兰激灵灵地打了一个战,有些东西就那样来了。白兰兰心里最美好的情愫被定格在那一刻。

那些日子小城很热闹。有一个据说很著名的乐队来小城演出。听说乐队要招一两个新人加入。从小做着艺术梦的白兰兰来报名时心里是激动的。

白兰兰走进那个有点神秘的小院子,这是那个乐队的临时驻地。果然啊,果然就是不一样。很普通的一个小院落,来了这些人,一下子就不普通了,就很艺术了。院子左边的一树樱花开得比往日艳了很多,树下依次放着架子鼓,电子琴,还有几样乐器是

她不曾见过,或者见过叫不上名字的。正在白兰兰愣神的时候,一个男子走出门来,他微笑着问:"请问,你有事儿吗?"白兰兰一抬头,看到的正是那天在樱花树下吹笛子的男人。白兰兰看着他,只是笑。男人说:"你是来报名的吧?"白兰兰点点头,然后低下头,很快又抬起头来,她说:"我见过你。"男人点点头说:"你好,我叫欧阳。"然后,白兰兰跟着男人走进屋子,填了一张表,唱了两首歌。最后男人说:"有结果了会打电话通知你的。"

那些日子里,白兰兰心里一直很纠结。她在等结果,更重要的是她总是想起那个叫欧阳的男人。她总是想起他看她时眼睛里明亮的碎光。

那天白兰兰花光了所有的积蓄,去酒柜买了一瓶洋酒,然后带着那瓶酒来到小院门前。电视和小说里都是这样的,搞艺术的人都喜欢喝点儿洋酒,而且好像喝的酒越高档,就越显得艺术。可是就在白兰兰打着心里的小算盘时,她从半开的门里看到了欧阳,还有一个身材曼妙的女孩子的背影,女孩子咯咯地笑着,背影很妩媚。

白兰兰捧着那瓶酒独自来到城边的滨河桥上,她看着桥下的水,黑黢黢的,上面飘着杂物。她举起手里的瓶子,慢慢松开手,还来不及看一眼,瓶子已没入黑黢黢的水中。白兰兰折回去,走进小院子,女孩子不见了,欧阳在吹着笛子,笛声那样优美。她站在那里静静地听着。一曲终了,他笑笑,对着她说,坐吧。白兰兰站着没动,她说:"你吹得真好听。"他说:"你也喜欢吹笛子吗?"她本想说:"我喜欢唱歌。"可是她只是安静地看着他手里的笛子。欧阳站起来,把手里的笛子递过来,白兰兰接过笛子轻轻地抚摸着,他说:"要是喜欢我就送给你吧。""真的?"她抬头看着他,感觉自己的泪水马上就要涌出来了。白兰兰说:"你能帮我加入乐队吗?"欧阳犹豫了一下,说:"这个要看综合成绩,我作不了主的。"白兰兰点点头,拿着欧阳给她的笛子走出了院子。

结果出来了,乐队带着两个女孩子离开了。白兰兰站在人群中,看着他们的车越走越远。

白兰兰没想到笛子会到了三子的手里。白兰兰跟混混一样的三子要笛子。三子却不给。白兰兰说:"你说吧,怎么样才能还我。"三子涎着一张脸说:"你说呢?"

白兰兰为了那个笛子,跟着三子走进了城边的树林子。

白兰兰嫁给了小混混三子。

后来,白兰兰和三子离婚了。再后来,白兰兰开了一家音乐茶吧。那支竖笛被她放在一个精美的蓝瓷花瓶里。这些年,她学会了吹笛子。她拥有了各种各样的笛子。它们被一起放在那个精美的蓝瓷花瓶里。

白兰兰真的没有想到,她会在小城遇到欧阳。

而那个坐在地摊上喝着廉价啤酒的男人,他迷茫地看着眼前优雅地转身离去的女子。"我知道你会永远爱着我的。"她是说了这句话。

但怎么可能呢?他和她?怎么可能呢?

一三五,二四六

看到她时,就像看到了一朵烟花。

灿烂,又薄凉,一如她的歌声。

她是这家酒吧新来的歌手,而我,是这里的一名钢琴演奏者。酒吧的老板说,从此,这里的夜晚就交给你们来调色。

老板离开后,她转向我:"二四六,一三五,随你挑。"

语气冷静,疏离。

这让我再次想起了烟花,那种只可站在远处观望的,这世上最薄凉最动人的风景。

"女士优先,我都可以。"说完这句话,我很绅士地勾了一下嘴角,下一刻,我就听到旁边吧台里正在擦洗酒杯的小妹一声轻呼:"哇,帅呆了!"

"谢谢你的承让,那我就不客气了,我选一三五,再加上一个周日,二四六归你,希望我们各司其职,互不干扰。"

她居然如此理直气壮的,截取了我生活的七分之四。

如今我在这里的工作量减少了,我只需在每周二四六的晚上七点上班,一直延续到夜的深处,我把我的琴声,卖给这个酒吧,酒吧再把它卖给每一位来这里虚度光阴的客人。

蓝末也是一样的。后来我才知道一三五叫蓝末,是吧台的小妹告诉我的。小妹还说,蓝末来后,酒吧里一三五客人明显多起来了。我习惯性地微勾唇角一笑而过。

接下来小妹又说:"知道吗?二四六蓝末在另一个酒吧,可能她需要钱,听说是为了一个病人。"

我的心微微一动,想起那天在医院里遇到她的情境。是的,我是那家医院的财务总监,我的梦想是钢琴,可是从小母亲就为我选择了另一条路。没有梦想的人生是黯淡的,我相信是流淌在酒吧里的琴声蛊惑了我,所以我的生活全部在那里。

我轻而易举地找到了蓝末在照顾的病人,一个瘦弱苍白的女子,叫小仙,和蓝末的年龄相差无几。那个区域是重症监护室,我知道住在那里的病人无论是肉体还是精神都是无比脆弱的,所以,我没有向任何人询问过小仙的病情,只是,很快我便让自己成了她的朋友。

一个无风的下午,小仙断断续续地给我讲了蓝末和浩的故事。小仙说,浩是她的哥哥。

他们的相爱缘起于音乐,那是一个美若童话般的爱情故事,如众多的爱情故事一样感人,却没有任何新意,然而浩却给了大家一个有新意的结尾。小仙说,浩先于她,得了与她同样的病,只短短两个半月,他便离开了她们。哥哥离开半个月后,小仙也住进了医院。

此时的蓝末才从失去浩的悲伤中苏醒,她只有一个心愿,她要替浩来守护小仙。好在医生说,小仙的病情还没有到最后,只是她的医药费将是一个惊人的数字。

周六的晚上,我正在弹奏格里格的《Albumblatt》,这是我比较喜欢的一首曲子。当最后一个音符落下时,我听到身后有远去的脚步声,回头,正看到蓝末离去的身影。

后来,每当我弹奏这首曲子的时候,似乎都能感觉到她在什么地方静静地听着。直到有一天,我们在走廊里相遇。

"你喜欢这首曲子?"我明知故问。小仙说过,因为蓝末喜欢,所以浩生前最喜欢弹的就是这首曲子。

"谢谢你对小仙的照顾。"她答非所问。

不错,是我利用职务之便,把一个基金会对特殊病人的赞助划在了小仙的名下。小仙才有机会去国外做手术。

"及时的手术,小仙的病情已得到了控制。他也可以放心了。"说着,她的眼睛望向窗外的天际,"你永远都没有办法忘记那样一个人,他出现在你的生活里,如同烟花一样璀璨,当你还没

有来得及好好珍惜时,却发现你已经永远地失去了他。"

"我已经辞去了酒吧的工作,应该告诉你的,我的职业是一名记者,是你为我解了燃眉之急,让我能够重新回到我的生活轨道上,再次感谢你。"她莞尔一笑,向我招招手,走向路边去拦车。

看着她离开的身影,就仿佛看着我生命里最美的烟花即将消失。我想,也许我应该马上追过去,在她还没有拦到的士之前。

与阿玛施无关

那晚,珥给我打电话时,时间正是白天与黑夜的转换时。

睡梦中,军正英姿飒爽地向我走来,我的心里是三分的欣喜,七分的迷茫。军和我,我们完全可以把恋情厮缠成任何一部经典爱情范本。但是,我周围所有的人都不允许我这样。其实理由极俗,只因我是艺术院校前途无量的高才生,而军仅仅是一个朝不保夕、名不见经传的漫画作者。

那些天,我的那些七大姑八大姨才经常在我妈的号召下,来我们家会面。会面的内容是讨论我的幸福和未来。会面的结果是,我对我的明天越来越迷茫。二姑说,将来找个公务员过日子,还是稳当点儿好。大表姐立马发表不同意见,这是你那一辈人的思想,以表妹的条件,一定得找个有钱有权的,到时候要什么有什么,那才叫幸福。伊妹妹干脆说,找什么找?傍个导演先出名了再说。看看,她们说的都那么有道理。而乔叶说的更有道理。乔叶在《失语症》中说:殷实的家业和优越的工作是一幅厚锦,所谓爱情不过是花。

还是接着讲珣的那个电话吧。珣说："陪我去逛街吧。"我努力睁开眼睛，看着周围的一片黑暗："你又发烧了？现在可是凌晨一点啊，你觉得去哪里逛比较合适？"珣说："哎呀，我不是说现在，我是说明天，怎么样？明天陪我去逛街。""好是好，可你也不用现在打电话呀。"珣在电话里嘻嘻地笑："不是，我让你提前安排一下。"我不得不又一次很轻易地原谅了珣的深夜骚扰。谁让这家伙有那么个习惯呢。她总是习惯把白天睡成一片黑暗，把夜折腾得比白天还热火朝天。这不能怪珣，我的朋友珣现在已是个小有名气的网络作家。在我的印象中，无论是网络的还是非网络的，作家似乎都有这么个让人想羡慕一下的习惯。我就常常羡慕珣，羡慕她能在那样安静的夜里，猫一样伏在电脑前，用她白骨精一样骨感的手指，敲出那么多缤彩纷呈的文字来。

珣除了把白天和夜颠倒着过，还有很多特立独行的特征。比如她一个女孩子非要抽烟，抽就抽吧，还只抽3字头的软中华。几个人坐一起聊天时，别的女孩子喝木瓜汁美白皮肤，珣却只点咖啡，而且只喝不加糖的苦咖啡。最有特点的就是衣饰，一件素雅的A字型长裙，搭配一双精致的高跟鞋，穿在珣那样颀长的身体上，应该是让人羡慕的组合，但珣不，她偏偏在长裙下面配一双软底休闲运动鞋，在一群窈窕淑女中愣是走出了另一番风情。

珣钟情衣服的牌子一直是阿玛施，而且只选择那种能把人显示得奢华典雅的风格。

也只有珣能超凡脱俗。她常用狡黠的目光一下一下地睃我，然后说："同志，一定要历尽艰险，把爱情进行到底。"

我和珣在下午一点左右到了阿玛施专卖店。在我的感觉中，那个时间段应该是人最困乏的阶段。在试穿衣服时，美丽的阿玛施的营业员以专业的眼光对珣进行着指点。可是珣都不满意。珣躲开人家的热情,目光鹰一样在衣架上搜寻,却只摇着头说:"怎么总是找不到让眼睛一亮的呢?我的要求真的不算高啊!"而在珣的话音刚落时,旁边一位中年女子在另一位服务员的指点下打包了三套。眼看着为珣服务的营业员眉心间有烟般的情绪轻蹙,我有心讨好地说,她是作家,眼光自然更挑剔一些,她小说中的女主人公个个都品味到极致。

这时候,那个中年女人选好了第四套,然后很潇洒地刷卡走人,而珣却又淘汰了一款。当珣坐在沙发上,静静地看着那些被她一一试穿过的衣服时,我明白她已经选好了。这家伙就那样儿,只选择最满意的,只要有一个小细节不合心意,哪怕是白送,也休想让她套在身上。

当珣伸手准备再试一下那件紫色风衣时,那个为珣服务了半天的女服务员似乎再也无法忍受了,她不以为然地说:"还作家呢,一款衣服都搞不定,看人家,一会儿打包了四套。"一时间,珣伸出的手缩回了。

后来,珣非常清高地说:"以后出门别总说我是作家哦,当作家是我自己的事情,与他人无关。"说完这些,珣又补充了一句:"对于你的婚姻问题,你可以考虑一下你那些七大姑八大姨的建议。"我狠狠地乜了珣一眼:"喊!立场如此不坚定。"后来,我终于被我那些七大姑八大姨的讨论绕得晕头转向,假期没有结束就早早回了学校。再后来,我又不得不使出各种招数,拒绝他们安排的对我的幸福有着重大意义的各种见面。

所以,许多年后,我依然待字闺中。而军不断地给我承诺,他说,他一定用他的画笔画一所大房子给我住。

我等着他,我会一直等着。

左边的声音

桥很壮观。

桥上的风景很美。

站在桥上的感觉真不错。

他站在傍晚的桥上,穿黑色的风衣,戴黑色的墨镜,穿黑色的皮鞋。看过去,只是一个很小很小的黑色的影子。真的不必担心有人会认出他。

他最近总是做那样的梦。

梦里,他用各种各样的方式来折磨自己的神经:疯狂地飙车、酗酒,在深夜里悄悄地逃出所有人的视线到大街上在梦幻般的灯光里狂奔,直到筋疲力尽地倒下去……有一次,他就站在这座桥的栏杆上,身前没有任何遮拦,低头望着黑色的翻滚的江水。他嘴里不停地说着,飞下去,飞下去,那一定是一种难以表述的感觉。似乎只有这样,梦里的他才不至于崩溃,他紧张疲惫的神经才得以解脱。

他想起一次蹦极,很高。第一次踏上那样的高度,他的腿有些颤抖,那一瞬间他心里突然升起满怀的悲怆感。他觉得这种情愫很符合他将要做的蹦极。工作人员把橡皮筋绑在他的小腿上。对,他要的就是这种挑战极限的硬式蹦极。然后,他张开双臂鹰一样飞了下去。在飞的过程是他固执地睁着眼睛——遍布礁石的海滩迅速地铺天盖地地向他袭来,那一瞬间他忘记了所有。

有时候忘记的感觉真好。

突然传来的声音打断了他的思绪。他才发现自己的一只脚踩在桥栏上,双臂像大鸟张开的双翅。声音极动听,是竖笛的声音,是他熟悉的《珊瑚颂》。笛声像一双轻柔的手,抚过周围的一切,他的眼前出现了一个画面:平静的湛蓝色的海面,站在海边裙袂飘飘的女子,明亮的眼睛,轻启的唇,流动的笛声。他几乎是迫不及待地循声望去的。

他看到了左边不远处有个高高瘦瘦的女孩儿,正对着桥下浩渺的江水吹着一支笛子。她吹得很投入。

他转身向右边走去,走向他停在路边的银白色轿车。在他坐进驾驶座时,那个声音已经显得很模糊。在他关上车门的时候,那个声音已经不存在了。

半个小时后他出现在一个记者招待会的现场。当他出现时,现场所有的一切只表达了一种含义——"沸腾"。只能是沸腾。他风度翩翩地向台下招手示意。他恰到好处地回答记者的提问。他满面春风地接受献花。

生活中,各种各样的光环是他的外衣。

可是那样的梦还在继续。梦里他窒息、焦躁、无望,挣扎在濒临崩溃的边沿。梦像一堵城墙,隔开了他的白天和黑夜,让生活中的阳光与阴霾清晰而泾渭分明。

他又一次在傍晚时站在了这座桥上。依然是黑色的风衣,黑色的墨镜。桥上的风景真美。他张开双臂,一只脚踩在栏杆上。声音就是这时传来的。还是那个笛声,还是那曲《珊瑚颂》。把头转向左边,还是那个高高瘦瘦的女孩儿。

这是他和她的第 N 次相遇。她的笛声似乎一直在他的左边,只为他站在桥上张开双臂的那一瞬间才响起。

他看着远处的江水，就那样静静地站着。在最后一个音符落入风中时，转身向右边走去，走向他停放在路边的车。

晚上八点钟时，有一个和以往一样沸腾的场面在等着他。

当他再次来到这座桥上时，依然是一个平静的傍晚。金融危机给他带来的创伤终于平复，他好久没做那样的梦了。说实话，好险的，当时是那个骤然响起的笛声把他伸出桥栏的半个身体拉了回来。他才有机会带领大家走出了金融风暴。要知道那场风暴关乎着几万人的生存问题，不过现在一切都平静了。他得好好谢谢那个吹笛子的女孩儿。

他站在桥栏前把头转向左边，左边的桥栏前空空的。许久后，左边的桥栏前依然是空空的。他走过去，走到那个吹笛子的女孩子曾经站过的地方。这时候他听到一个声音在说，就是这里，昨天有一个女孩子从这里跳下去了。他急急地转头，看到那个环卫工人。她说，真是造孽，活着，还能有什么解决不了的问题。当环卫工人走远后，他突然想起那个吹笛子的女孩曾经有一次穿着S大学的校服。

他急匆匆地来到那个学校门前，看着那些进进出出的学生，突然，他好像看到那个高高瘦瘦的女孩子从前面走过。他松了一口气。当他正准备向她招手时，他突然又看到几个高高瘦瘦的女孩子，她们穿着同样的校服，有着很相似的神情。究竟哪个才是她？究竟从桥上跳下去的是不是她？

这个问题他思考了很久，一直没有办法忘记。他想，他必须实实在在地为S大学的学生做点什么。

留下这一天给你

她把他按在窗前的沙发上,说,等我,很快就会好的。

他便安静地看着她一件件地整理着衣物,在室内奔来跑去。刚才,他们在两家人的祝福中订下了婚约,想起这些时,她抬头看看他,轻轻地用左手捏自己的右手,是真的,这一次不是梦。她给姑妈打电话,她说,我们马上就去看你。这是她和姑妈的约定。

姑妈是她很小的时候就开始寻找的梦。那时候,她日日看着姑妈拖着长长的身影站在夕阳下画晚霞,她就梦想成为她。可姑妈总是抚着她小小的肩膀说,哦,叶子,将来要做一个幸福快乐的人,不要像姑妈。那时候,她读不懂姑妈眼中的落寞。

好了,一切都好了。

她温柔地向他喊,可是却没有听到他的回音。她急急地跑出房间,没有看到他的影子,她又跑下楼道,这一次,她看到他了,同时看到的还有她,那个叫影的女子。她看到影和他四目相对,彼此燃烧在对方的眼睛里,那种燃烧又一次灼伤了她。这个女人在很远的一个城市,总是来去无踪,却牵扯着他的心。她闭了一下眼睛,再睁开时,她看到影和他同时望向她。

影说,我路过,来看看他,你们。哦,她看着影,脸上堆着明亮的微笑。她看看他,他看着影,他眼里的痛清晰起来。

她给他和影各泡了一杯茉莉花茶,她看着茉莉花在透明的茶杯中慢慢地舒展,像一团被展开了的思绪,浸染了杯中的水,水成了淡黄色,然后,她把茶送到他们的手中,她独独对影说,一定,一定要喝一杯我泡的茉莉花茶。她看到影脸上明亮的微笑。然后,她对他们说,你们聊,我还没有整理好,还要去买些东西。她说完转身下楼。

她不知道自己是如何坐上车的,如何就到了姑妈的门外。

她看到姑妈家的大门紧闭着,一堵院墙高高地耸立在她的面前,夕阳就要隐去了,夕阳下一片空旷,她的心里突然惊慌起来。她举起手使劲拍着面前的门。门从里面打开,姑妈看看她的身后,不解地看着她。

她说,姑妈,我来看你了,我是一个人来的,他要陪客人。在姑妈的院子里,她又看到了那个大花圃,还有姑妈支在夕阳下的画架,她看到姑妈的画布上,一棵开满鲜花的树正幽静地对着斜阳。

像每一次来一样,她帮姑妈整理着那些永远也整理不完的画,她一幅幅地打开,再卷起,归类,整齐地放在那个很大的书柜里。她拿起掸子细心地掸去书柜每一个角落里细小的尘埃。她的手机在她的身旁闪了一下,他的信息:你在哪里,如果一切都整理好了我们就动身吧。她回道:影来了,也许你想留下。我正在整理姑妈的书房,夕阳洒在姑妈的书房外,很美。

郊外的夜很静,她闻着院子里的花香以及书房里淡淡的墨香,她看到周围一团漆黑。她才发现,原来,夜也可以是这样的漫无边际地黑下去。她紧紧拥在姑妈的身旁。就在刚才,她又看到了那幅画,画上的男人眼神浩渺如烟,画的取名为《一生》。

在她的记忆里,这幅画姑妈珍藏了许多年。

他是在第二天的清晨到的。看到他时,她手里正拿着画架,他走近她时,她轻轻地微笑了一下,当他走到她的面前把她拥入怀中时,她哭得像个受尽了委屈的孩子。书房的窗前,那个安静的老妇人长长地叹了一下。他说,我说过和你一起来看姑妈的。她说,只是,只是留下这一天给你,让你整理好你的昨天。而我,只有等。

她抬头看向书房的窗,看着窗内平静的一切。

碎片时光

是一片绿得让人心动的林子。走进来后就看到了那个木房子,还有门上的几个字——碎片陶吧。

推门进去,所有的感知在瞬间定格:安闲的阳光,低缓的音乐,几杯茶,阳光里影影绰绰的身影。这一切在这个特别的下午组成了一个沉静的话题,透着适宜的丝毫不张扬的精彩非凡。她沿着"吱吱"作响的木楼梯拾阶而上,隐约嗅到了泥土的气息。尖尖的屋顶,四周的窗户开得很低很大,午后的阳光斜斜地射进来。恍惚中她的脑海闪过一个类似的场景,想要努力地再多想起些画面时,一切却戛然而止。

她走过去坐下,然后把陶泥放在面前拉坯机的转盘上,对,要放在转盘的中心,旋转转台,一面用手掌侧面拍打,做出适当厚度的泥片为底,泥片下最好垫上纸片或撒上干泥粉,以免泥片黏在转台上……每一次,她重复着同样的动作,得出的却是不一样的结论——她的陶艺作品做得很精致,但没有一件是重复的。每次做好一件陶艺,她都会把它带回家小心地摆放在书柜里。

在她的书柜里,和她的陶艺摆在一起的,还有半盒子碎瓷片。那些碎瓷片莹莹地泛着淡蓝色的光,像谜一样躲在时间的深处。她看着那些碎瓷片问他,它的前身,应该是一个花瓶吧?

他点头,是的,一个美丽的淡蓝色的花瓶,你常常喜欢插几枝百合在里面。

那它是怎么碎的?关于它,我怎么一点记忆都没有。

他走过去拥紧她说,是我一不小心打碎了它。疼痛又一次攫住了他。而她,已把注意力转向了那些美丽完整的陶艺。她一件一件地拿起又放下,脸上带着甜蜜的笑容。

是那场车祸改变了一切。

车祸过后,从黑暗中醒来的她生活中似乎只剩下幻想画了。

周末,她哪儿都不去,只是坐在画架前画幻想画,而他就坐在她的身后。突然,她转过头来问他,你说我以前的画已经画得很有名气了?他笑着,当然了,你的画被很多杂志和出版社要去做插图。

那,我除了画幻想画还做别的吗?比如做什么工作,喜欢去些什么地方?

你那时候是一个杂志社的美编。你没事的时候喜欢去老木头咖啡屋坐一下午,你说那里的音乐挺适合你。你偶尔喜欢躲起来——也就是玩失踪消失在所有人的面前。开始的时候大家都很着急,但总是在大家着急得想要报警的时候,你却兴冲冲地回来了,然后还兴冲冲地和大家分享你的乐趣。你那时候最常去的就是一些古镇,每次你都会带回来一些以斑驳的老墙和破旧的木屋子做背景的照片,那些照片里你笑得像个疯子。

她听着,却不住地摇头,想不起来,真的想不起来。

他叹一口气说,你还偶尔跟我去陶吧,但你只是坐在那里喝

着茶听音乐。听到陶吧时她睁大眼睛看着他说，林子里的陶吧，那里的阳光和别处不同，它们从窗子里挤进来洒在身上就成了无数的碎片，散发出叮叮当当的瓷器的声音。他惊讶地看着她，对，那时候你就是这样说，我还常常取笑你，阳光怎么会发出叮叮当当的瓷器的声音，但你就是那样说的。

他带着她去他们第一次相遇的那个地方，当她看到那几个字——碎片陶吧，她欢呼着说，对，我来过这里。当他带着她推门进去时，她说，对，就是这种感觉。当他们沿着"吱吱"作响的木楼梯拾阶而上，她说，是这里，是这里。然后她径直走过去坐在拉坯机的转盘前，手法娴熟地操作面前的一切。他简直惊呆了。从来，都是他坐在那里操作，而她坐在他身后喝茶听音乐看着他，不曾触碰过陶泥的。

从此，她便常常去碎片陶吧，然后兴高采烈地带回来一件又一件她亲手做的陶艺。过往在她的意识里成了零零星星的碎片。她想努力地组合，却总是以失败而告终。

一天她突然又问，虹是谁，我怎么总是想到这个名字。

他愣了一下，摇头，我们的生活里从来没有一个叫虹的人。她看着他，半天后开心地笑了，哦，你知道吗？我总是会想起一个叫虹的女人，总觉得她在和我抢最心爱的东西。他再次拥紧她，别胡思乱想，没人能抢走你的任何东西。

她曾经说，没有你，我一定会死掉的，我确定。说时她的脸上挂着羞涩的笑容。

但他还是在她不顾一切的爱情里看到了虹。耀眼的虹像一块磁石，他迷失在强磁场中。

她就是在他和虹又一次很近地坐在碎片陶吧的那个下午，跑回家打碎了那个蓝色花瓶，然后在一连串刺耳的刹车声中躲进了黑暗里。那个花瓶的名字叫爱情的淡蓝色,是他为她而做的。很久以后他都一直认为,那场车祸是她当时所希望的,是她希望躲起来的另一种形式。

她说,你说的是真的吗?车祸之前我真的很爱你吗?可是你真的像一个陌生人,真的。说完后她歉意地低下了头。

他轻轻地拉着她的手说,这不重要,重要的是我会永远守着你,而你也同意我永远守着你。

她轻轻地点头,然后走向落地窗前的画架。

经典演绎

初相见时,彼此的感觉好得不得了。

小陌眯着眼睛,以最不经意的眼神瞟向那个方向,正好和李木投过来的目光撞了个满怀。小陌的眼神如受到惊吓般跳了一下。接下来,李木的目光像一张无形的网,避开周围的喧闹,在小陌身上纠结缠绕,然后李木绕过众人,悄无声息地走过来坐在小陌的身旁,两个人都不必开口,只用沉默来彼此交流——这样的过程被定义为一见钟情,演绎成情感剧中的经典片段,是屡试不爽的。

小陌也不例外,和大多数阅历简单又自我感觉良好的女孩子一样,渴望经典以她为主角在生活中重现。

影视剧中,情节要如何往下发展,观众是不必操心的,操心也没用。你只需备好可口的零食,找一个最舒服的姿势把自己安置

好,耐心地盯着屏幕看下去就行了。生活却是不一样的,下一步要如何走,全凭自己的运筹帷幄,千万别指望会有一个导演一样的人物,来告诉你下一个情节要如何展开。

　　小陌有时候也会茫然地想,生活若真的能听凭一个导演的安排就好了。

　　这样想的时候,小陌觉得自己有些像在推卸责任。小陌总是听妈妈讲起楼下邻居家喜怒无常的儿子,近三十岁的人了,只学会了两件事情——吃和玩。高兴了快乐了,他就表现出对父母的千恩万谢。不顺心了,他就会指着母亲咆哮,谁让你当初生下我的,你生我的时候怎么不问问我同意不同意?

　　小陌接到李木的电话时,心里闪过这样的影视场景:女人在接到男人的第一个电话时,总要矜持一下,或者干脆拒绝邀请,然后急切地等待着他的下一个电话。可是小陌的嘴却出卖了自己的思维定式。小陌听到自己对着话筒说,中午吗? 好的……嗯,我知道那个地方,而且我喜欢那里的音乐,还有墙壁上的那些油画,那里让人有种坐在水乡的窗前,与前朝的伶人边聊天边品美味的美好感觉。

　　接下来和李木交往的日子里,小陌就像一个不懂得构思长篇小说的作者,在电脑被打开的时候,只能即兴发挥,跟着情节的推动一步一步走下去。李木就是那个打开电脑的人。

　　李木让一切进展紧扣这个时代的快节奏步伐。不出半个月,该抱的时候他就抱了,该吻的时候他毫不迟疑地吻了。终于,在一个周末结束的时候李木说,下一个周末,咱们去杭州玩好吗? 周五下班后走,周日下午回。怎么都是一样的,和那些情感剧中的男主角一样的得寸进尺。小陌的脸红红的,点了一下头。

　　小陌从没有如此郑重地出行过,所以她的准备做得圆满而彻底。从周一开始,一有时间她忙着的就是逛街和购物。有时候什么也不买,但她就喜欢这种做准备的感觉。当小陌准备买下那个雪绒花的双肩包时,她突然发现自己的钱包不见了。

丢失的两张卡是小陌全部的家当。银行的工作人员告诉小陌,卡要先挂失,再补办,最快一周后才能取到钱。好吧,那就一周后取吧。办好手续后小陌轻松地走出去。明天周五,今天得把一切搞定,不然来不及了。为了抚慰一下因丢钱包受伤的情感,小陌决定不在价钱上徘徊了,就买自己最喜欢的那个双肩包——它的定价比另外一个高两倍。然后,再额外安慰自己一件Only风衣。那件风衣小陌以前看过,当时因价格贵得有点离谱而没有决定买。小陌掏出手机,只要它不丢,这年头什么都好办,准备让妈妈来救援。正一下一下按着那些熟悉的数字时,小陌突然想起了《蜗居》中,海藻求助于宋思明的镜头,每一次,宋思明都会因那份执着到决绝的爱,把海藻俘虏得灰飞烟灭。

小陌脑子里突然跳出一个意外的念头。

小陌拨通了李木的手机说,我正在买东西,钱包丢了。片刻后李木说,你在哪里?

李木找到小陌,拿给她一个信封,不用看小陌就知道,那远远不够买下那件风衣。小陌突然有点不知所措,不知道自己究竟在做什么。那个信封在她的手中烫得她生疼。李木拥着小陌的肩柔声说,我刚刚得到通知,单位周末有情况,杭州的行程要推迟些日子。小陌说,正好,我也有事情去不了,正要跟你说。

小陌怎么会想到,当她模仿某个经典镜头,想明白些什么的时候,却一不小心让李木想起了另外的镜头,他有点儿糊涂了。

李木的身影消失后,小陌随手把那个信封放进了路旁一个乞讨者面前的盒子里,然后拨通了妈妈的手机。妈妈说,风衣你先试着,我马上过去。月月自己在房间学超人飞,从床上掉下来摔伤了鼻子,刚陪你姐从医院回来。月月是表姐不满三岁的女儿。

小陌郁郁地想,经典这玩意儿有时候是毒,某种情况下,它完全有谋杀生活的可能性。

一粒尘埃

我是一个灵魂,一个伏在一粒尘埃上的灵魂,确切地说,我此刻是一粒尘埃。

我跟着长长的车队,这是一个送葬的车队。他们正开往城西的火葬场,那里躺着数不清的皮囊,我便是从那其中的一个皮囊上飞出来的。它与我分离的时候只有45岁。"它"是"他"的时候曾经无限风光地行走于各种高档的场所,那时候大家都毕恭毕敬地叫他局长。他是因为不可预知的突然发生的事件而变成它的。

我飞着飞着就飞进了一个开着的窗户。这些面孔都是我非常熟悉的。前边靠近窗户坐着的,衣着整洁,面容清瘦,三十岁左右的男子,是我的秘书小王。那年他刚大学毕业来我这里报到实习的时候,身上还未脱去农村孩子的气息,他的文才真不错。我喜欢这样有才气,又朴实的年轻人,所以通过我的关系留下了他,并让他做了我的秘书。他此刻的神情流露出了十二分的悲伤,似乎受了重大的打击。也难怪,他可是我最贴心的下属,为我服务了这么多年。

我突然有个奇特的想法,想用灵魂特有的本领,透视他的思想,也可以帮助他减轻些痛苦。我在他的头上绕了三圈,绕过后,我不敢相信地看着我透视到的结果,于是又绕了三圈。这次,若不是我太轻的话,我就从空气中掉下来了(我想这大概是一个尘埃晕倒的方式吧)。不错,他的思绪中明明白白地装着一幢漂亮的花园洋房,那是城东公务员小区的一幢洋房,很多人都提到过他,他也向我提到过,他和那些人一样想得到这幢洋房,毫无疑问,它归谁只有我说了算。最后好像定了两个人,小王和陈副局长的秘书老李。老李为局工作服务了半辈子了,若不是有我在,小王本是挨不上边的。接着我再仔细看了看,还有文字:我怎么就这么倒霉,在这关节眼上你怎么就去世了。接着是一股伤心的气流,再接着又是一些文字:你这该死的,怎么早不死晚不死,偏偏在我的洋房即将到手的时候就死了,枉我低三下四地为你服务了这么多年。随着思想萦绕到这里,他的手使劲地向上摔了一下,正好摔在我的身上,把我摔得好远。不能说我此刻不伤心,尽管我只是一粒尘埃。

我灰头土脸地盘旋了半天,终于能飞稳了,定睛一看,正好飞在陈副局长的头顶上。他那正当壮年的眼睛里湿湿的,他为我哭得好伤心。还是老朋友对我有感情,我们是多年的挚友了。

他突然用手捂住脸,肩头深深地耸了一下,我怀着沉重的心情(如果我还有心的话),在他的头上绕了三圈,他只有一个思想在萦绕:你怎么就死了?太不可思议了,这是我实在想不到的。我正要施展我的特异功能,为他减轻痛苦时,又有一个思想萦绕在我面前:这对我难道不是天大的好事吗?昨天我已开始全权代理全局的工作了……好在我是一粒尘埃。赶忙飞离了他,省得他喜极而泣时的某个动作,威胁到我的平衡,毕竟我只是一粒尘埃。

此刻我正飞在车的最上方。我没有找到妻子的面孔,我让她过上锦衣玉食的生活,她却总是怪我不回家。我也没有找到倩倩的面孔,倩倩这小狐狸精,那身段妖的,那声音嗲的,整天爬在我的怀里说:"老公,你什么时候和那黄脸婆离婚?我要完全属于你。"

看着一张张哀伤的面孔,我再也不敢在谁的头上绕三圈了,于是我飞出了窗外。

看样子我已随他们到火葬场了。大厅里,曾经和我合作多年的那具皮囊被他们敬仰在前面,那里的空气很沉重,我只好飞到门前的空地上。我飞过两个花圃,飞到摆满花圈的祭奠场,那里烟尘滚滚,跪在地上的男人和女人们都在大声地哭泣。我不小心撞在一粒尘埃身上,正要道歉时他说话了:你看,这都是我的家人、朋友和同事。他的声音涩涩的,听着让人难受。

他说:那个瘦削的女人是我的妻子,我们一起生活了二十年,我是一个工人,没有为她带来太多的幸福,生前她没有少怨我,可是她此刻是真的在为我的离去而伤心,旁边那些有的是我的同事,有的是我的邻居或者亲人,唉,他们都在为我伤心。

"唉,老兄,我真羡慕你。"

说过后,我飘向那具属于我的皮囊。

很远的笛子

第一次看到她,完全是被她的背影所吸引。长长的咖啡色的大波浪卷发披在肩头,红色的后跟很高的拖鞋,黑色的短裙,水红色的上衣。她怎么可以让色彩以如此耀眼的形式展现?

后来才知道,那个叫笛子的女孩儿是二十一世纪迪吧的领舞。她就住在我的隔壁。只有在每天下午五点钟左右时,我们会在楼下相遇。我去路对面的咖啡屋,而她是去跳舞。我的目光常常会跟随她的背影走很远,一直到她消失在二十一世纪的门里。

很多的文字中都描述过她们这样的形象,我不觉得奇怪,只是好奇。

她们是灯红酒绿里的一道风景。她们生活得恣意而色彩斑斓。她们应该离我很远吧。

那天的午夜,一阵救护车的声音把我从文字中拉出来,那时候我正在读一本情节惊心动魄的悬疑小说。声音由远而近,最后停在我们的楼下。然后我听到隔壁传来急促的脚步声,再然后,一切归于平静。

我依然常常在下午五点钟左右的时候,下楼去路对面的咖啡屋。只是好多天都不见那个色彩斑斓的身影。

小区里总是很静,我喜欢这里的宁静,而她,就像秋天里落下去的一片叶子一样。她的消失似乎没有引起谁的注意。甚至连一声议论都没有听到。

一个有阳光的日子,我正在阳台上发呆,突然听到隔壁有开门的声音。那声音过后一切又归于平静。我依然站在阳台上发呆。

我喜欢这样的生活,平静中,总有那么一点点无法驱逐又无法捕捉的不可知。

一定是这样的:那个叫笛子的女孩儿生过一场病,不知道是什么病。但现在好了,她又回来了。她又会以她独特的身姿走向二十一世纪的门里。那里是她的世界。

我在下午五点钟时准时出门。当我走在去咖啡屋的路上时,却不见她的影子。

好多天过去了,依然不见她的影子。

月底来收水费的老太太和我聊天时,我无意间问起对面的女孩儿。她说,哦,笛子呀,她走了。自从她妈妈去世后她就离开这里了。她妈妈?去世了?我愕然。

你不知道?也是,她妈妈从来没有出过门的,她有病的。她们来这里就是来看病的,可怜那孩子在这里无亲无故的,自己打了好几份工,晚上还要在二十一世纪跳舞,但最终还是没有治好她妈妈的病。唉,小小的年纪,正是受人宠的时候,却要遭这份罪,真让人心疼。她退房之前专门回来收拾好屋子,又交齐所有的费用,这才走了。

一切就像春天里的记忆,在夏天快开始的时候渐渐模糊了。

沫子邀我聚聚。我说好,好久不出门了。沫子说,来时你一定好好照照镜子,别一不小心把你在阴暗潮湿里生出的绿苔藓带到我们的面前。我说,想得美,它们都生在我的心里。

在一屋子的人中,我一眼就认出了她。但在认出她的瞬间,我对自己的记忆产生了怀疑。大而清澈的眼睛,淡漠的神情。笛子,不是她又能是谁呢?

果然是笛子。我听到沫子这样叫她的名字。一头齐肩的短发,白色淡雅的衣饰,我突然想起百合花。那种有着淡淡清香的香水百合。

沫子把我们拉到一起,指着笛子说,笛子,老板,在解放路开着一个花店。沫子又指着我说,木木,一个与世隔绝,生活在梦幻世界里的幻想画画家。我们彼此点头微笑。短暂的微笑过后,她又回到原来淡淡的神情。

饭后我们走进了一个叫"巴那那"的迪吧。当音乐开始的时候,所有的人都在台上扭动着,只有笛子和我一动不动地坐着。她在卡座的一个角落里,而我,在另一个角落里。我们的目光都投向台上幻化的灯光和身影。音乐的节奏是强劲疯狂的,像到了世界末日的前一天。那个叫笛子的女孩儿一动不动地坐在卡座的一个角落里,我坐在另一个角落里。我觉得她离我很远。

和一朵云相处

我关了自己的禁闭。之所以这样,是因为我终于看清了一个事实,并且为此伤透了心——在这个世界上,没有人真正关心我,既然如此,我索性远离他们。

此时,我看到了那朵云,那朵在我头顶上四处流浪的云,这缘于我现在所处的位置——三十七楼一个落地窗外的平台上。敲门声响起时,我举起的左手正欲伸向那朵云。

难道敲门的是梅？

可是，一阵心酸让我迟疑。我闭上眼睛，却清晰地看到那晚的灯光。那晚，梅不应该坐在那盏灯旁，那盏不应该有但却亮得恰到好处的灯，仿佛执意要彰显一个属于我的悲剧。

那个若隐若现却不折不扣坐在梅对面的光头，让我在那一刻感到万分沮丧并且开始怀疑爱情。我确定梅背着我和光头干了什么见不得人的事。我有闯进去的冲动，这个冲动缘于我急需求解的一个问题：七年了，究竟是从什么时候开始，梅允许这个看起来无比龌龊的光头跟我分享她的私人空间的？我承认灯光里的她很美好，但事实上更美好的是她给我的承诺，她说我们的婚姻就是一个美丽的城堡，从此，她要把自己关进城堡，只做我一个人的风景。

我再次看向那扇熟悉的窗，窗里是梅的办公室。不用说，窗台上依然放着那只古铜色框架镂空的细腰花瓶，瓶子里有三枝蓝色妖姬，其余，就是梅的手机，或者还会有一面同样古铜色框架镂空的镜子。梅是个喜欢化妆的女人，我不止一次告诉她，镜子放在窗台上不安全，但她一意孤行，她说，整个咖啡屋都是属于客人的，只有这扇窗是属于她的私密空间，她喜欢坐在窗前做她喜欢的事，然后看有人闲闲地走进她的咖啡屋消磨时间，她都这样说了，我便只能任由她。何况，那是在她的私密空间。

我想梅之所以会如此大胆地任由光头坐在那里，是因为在她得到的确切消息里，此时我应该在千里之外某个五星级酒店，那里今晚有个盛大的颁奖晚会，作为公司技术开发部的发言人，我西装革履，意气风发，准备捧回我们整个团队辛辛苦苦一年换回的奖杯。

然而意外就这样发生了，当我八点半准时站在停车场，拿出手机要给司机打电话时,我看到李总的表弟坐在本应该送我去机场的车上,从我眼前一溜烟过去,此时,我感觉事情不简单了,电话打到办公室,果然结果是这样,公司改派李总表弟去参加颁奖晚会。可是他一劳资人员,和这么庞大的技术开发奖有什么关系?这奖有他什么事?我得到的答案是:经领导研究,他更适合去参加这种活动。可是,本人带领全部门夜以继日忙碌的时候,他在哪里?

我就这样被公司合理放了鸽子。失落的我向公司申请了年休假,只想回家好好休息一段日子,有梅在的地方便是我的家。可是……

我再次看了看灯光里的梅,以及她对面的光头,我发现我帮梅打理起来的这家咖啡屋,在越来越红火的时候,却和与我生活了七年的女人一起将我拒之门外。那一刻,我心中涌起两个念头,冲进去砸烂那颗丑陋的光头,或者立刻让这一切在我的眼前消失。深深呼出一口恶气后,我选择了后者。可是这样的选择让我心痛不已,在决定放弃的时候,我才知道我对这个女人有多在乎。

我走到路边准备拦车之前,把电话打给了最好的哥们儿森,电话是响了三声被掐断的,再打,直接掐断。当我正茫然无措的时候,这哥们儿终于把电话回了过来,听明白我的需求后,哥们说:"现在真不行,我正在陪国土局那帮人打牌,不然他们还找茬,你知道我这小公司,就指望这块地了,哥们儿你也好好帮我想想办法。"

电话挂断后,我拽了拽笔挺的西服,向一辆缓缓驶近的空车抬起了右手。

我被消失了,消失在所有我在乎的人的视线里,此时此刻,我只悲哀地在自己的躯壳里折腾。

再次听到敲门声,我又看了一眼那朵独自流浪的云。三十七楼的高度,这种感觉前所未有的犀利。我发现我开始享受和一朵云相处的时光。我决定对门外的人置之不理,无论他是谁。

门是被强行打开的,"你千万不能跳啊。"一阵嘈杂的声音打破了我的宁静,我看到一群人站在身后,我知道他们误会我了。无奈地闭了一下眼睛,刚要向他们解释说,我不会跳的,我只想一个人在这里待几天。一低头,才发现脚下的广场上密密麻麻全是被三十七楼的高度浓缩了的人影。

我苦笑了一下,被消失的我,终究还是惊动了这个城市的某些人。这时候,有个光头奔向我并且迅速拽住我,"妹夫,你千万别做傻事,你走了我妹怎么办?"妹夫?此时,门口的人群中出现了梅苍白的面孔。我突然想起,几个月前,梅曾经告诉我,她与分开十七年同父异母的哥哥联系上了。

发生点什么吧

为了某个不可为人知的秘密,安一今天上午决定对自己的生活做一些手脚——比如关掉手机,反正昨晚忘记充电,如果有人埋怨他因为关机而误了事,那他就可以理直气壮地说手机没电了。

关掉手机后,把手机装进裤兜里的同时,安一心里幸灾乐祸地嘀咕了一句:哼,看你今天考砸了去找谁。

随着这藏于心底的无声嘀咕,一张面孔被拉到了安一的脑海中。

那是陆正续的面孔。

陆正续这小子这次真的有点不地道,就得让他着着急,看他下次还敢不敢这样背叛他。

说起来,在这个公司里,安一和陆正续是比较聊得来的朋友,因为关系比较近,这次两人报了同一所驾校考驾驶证。

报了驾校才知道,我的天,现在考个证可真不容易,学员太多不说,各个关口还都卡得很紧,在这里,教练就是上帝,上帝说你可以去考试了你就可以去考试了,上帝如果说不可以,那就是不可以,你敢说个不字吗?

"没看到吗?杜绝马路杀手从我做起。"教练只需这么一句话,就可以把你考试的日期往后推半年。

两个月,整整在驾校磨了两个月,安一每天下午都屁颠屁颠地跟在上帝教练的身后像个仆人似的讨好着,还好,教练终于给了他一次考试的机会。

可是安一上去就考砸了,不是他不珍惜这个机会,而是他太珍惜,珍惜到紧张,一紧张车就不怎么听话了。

安一垂头丧气地走出考场的时候想,完了,又得等一个月才能考试,关键是到时候上帝会不会再给他一次考试的机会就难说了。

就在这时,安一撞在了一个人身上,当他无比懊恼地抬起头准备狠狠地剜对方一眼时,他的眼里却幻化出了阳光般的明媚。

"金叔。"安一有些激动地看着这位不怎么来往的远亲,"您怎么会在这里……"话还没有说完,安一的目光又黯淡下去,因为他看到金叔制服的一侧袖子上印着"保安"两个字,看来他是帮不上什么忙的。

"怎么,你也来考驾驶证?"

"嗯,考砸了。"

"呵呵,"金叔却笑了,凑近他耳边悄声说,"现在考试不容易吧?我去给你说说,看能不能让你再补考一次。"考砸了的唯一希望就是能补考一次,但这一般是不可能的,因为后面等着考试的人还很多。

可是金叔的那句话却重新点燃了安一心中的希望,他眼里的阳光又回来了,"那太谢谢金叔了。"好歹死马当活马医吧。

没想到金叔真给他说成了。

从考场高高兴兴出来的安一好心好意把金叔介绍给了下一轮去考试的陆正续,想不到这小子这么不领情。在公司考核时,毫不留情地把安一在工作中的某些不良表现在大会上当众捅了出来,虽然领导并没有当着他的面说什么,但这已经让安一心里很不舒服了。所以安一希望陆正续今天的考试过程中能发生点什么,最好是像他第一次一样上去就压线,那样他就用到安一了,但安一已经关机了。

关掉手机的这个上午过得有点漫长,好不容易等到十一点陆正续考试回来,安一先观察对方的神情,那家伙居然一副不显山不露水的样子,从他的脸上什么也看不出来,他越不显山不露水安一就越好奇,于是他凑过去问了一声:"考得怎么样?"紧跟着,他还在心里准备了一系列电话没电了之类的借口。

陆正续先去倒了一杯水,安一看到他的神情有些黯淡,这黯淡让他的心里明亮了一下,然后,他看到陆正续边喝水边慢悠悠地重新走到他面前,说:"过了。"

安一一下子愣住了。

"安一,我过了。"陆正续又强调了一遍,安一这才回过神来,"过了,一次就过了?"

"对,一次就过了,不过可真把我紧张坏了。"

"哦,那……祝贺你。"安一的脸上是不太确定的笑容。

这时候,只听邻座的王小娜喊道:"安一,怎么搞的,你老婆怎么把电话打我这里了,你快来接下。"王小娜是安一老婆的高中同学,现在,她是安一的同事。

安一抓起手机边开机边跑向王小娜,只听老婆在王小娜的手机里着急地喊道:"老公,出事了,我的摩托车撞到人了,问题是,驾驶证昨天你没给我放包里,早上找你要驾证又打不通你的电话,眼看就迟到了,我一慌就开着走了,现在可好,我是无证驾驶造成交通事故。"

"啊……"

直到此时,这个上午才如安一所愿,真就发生了点什么。

秋天开始的时候

她给他打了个电话,决定跟他好好谈谈。放下电话后,她看了看时间,下午一点十分,若在平时,她很少在这个点去完成或者准备完成某件事情。离约定的时间还有一个多小时,她决定在等待的过程中画画。

走向窗前,拉开月白色的窗帘,落地窗外的景观湖便一览无余。远远看去,湖水微澜,湖面的残荷构成一幅单色调的水墨画。

但是,此时她不准备再画眼前的景物。冬眠了一个冬天的触觉,渴望闻到早春的花香,她决定在窗外的花都还没有开放的时候,先画出自己心里的花。一定要带着清香的。

站在画架前,调色,构图……笔端的景物看似随心所欲,落到画纸上却一点也不含糊。于画画,于生活,她都希望自己是个足够清醒的人。

当一簇完整的迎春花跃然纸上时,她闭上眼睛深深地吸了一口气,仿佛真的嗅到了花的清香。这时候,她抬头看了看窗外,阳光已在不知不觉间移向了景观湖西侧那棵高大的垂柳,看着仿若悬挂于树梢的太阳,她愣了一下,同时心里掠过深深的失落。这个季节,从她所在的位置望出去,太阳挂在枝头时,时间便到了五点之后。约定的时间已过去了近三个小时,他却没有到,为什么?她想起两天前,他右手伸在右侧的上衣口袋里,站在她的面前,看着她说:"我等了你整整八年,你还要我再等多久?"她知道他伸在口袋里的右手中,攥着一枚戒指,并且她知道,这枚戒指他已在身上带了三年。那时候,她真希望他就是唯一。可事实是,他等了她八年,而她等了另外一个人十年,等到最后的感觉却是把对方在自己的心里等丢了。这世上,爱情永远抵不过陪伴。这些年,她在哪里,他也会在哪里,他永远都在她的生活里。她看着他,心里说,如果可以,我们结婚吧。她看到他睁大了眼睛看着她,仿佛听到了她心里的声音,她微笑,转身离开。

她再次看了看窗外的太阳,犹豫了一下,拿起电话准备给他打过去,她突然有些担心他,以往,他们之间的约定他从来没有迟到过。就在这时,她的手机铃声响起,是出版社打来的,编辑在电话中兴奋地告诉她,她的画在网站推出后,反响特别好,出版社考虑把她的作品重新列入出版计划,希望她尽快整理好最近半年的新作发过去。她嗯嗯地表示着感谢,想起半年前,原本定好要出版她的画册,因为某种原因突然搁浅,但是编辑将她的画推荐给了一个知名网站。从拟定出版到推荐网站,期间的落差足够那个时候的她失落好些日子。然而退而求其次的选择却出现了意想不到的效果,这是她的意外惊喜。

好消息带给她的忙碌与兴奋一直持续到夜里三点。当她敲下邮箱的发送键后,轻松地伸了个懒腰从椅子上站起来,给自己倒了一杯水,这时候才想起,她原本是要给他打电话的。她迅速拿起手机不管不顾地拨出去,半天后,一个女声传过来:"谁呀,这么晚打电话。"手机落在书桌上,她僵在手机前。

那天夜里,她再无睡意,一次又一次在脑海中,为他们错过的缘分进行着假设。她的假设中,他等了她八年,而另一个女子却一直等着他。如果那天面对攥着戒指的他,她把想法能说出来,而不仅仅是在心里想了一下;或者如果几个小时前她不是恰好接到了出版社的电话,昏天黑地地忙到深夜,而是及时把电话打给他,那么结局也许是不一样的。这些假设让她懊恼烦躁。她拿出旅行箱,开始整理衣物,此时,她想要一次没有目的的远行。

秋天开始的时候,她回到小城,整个人清瘦如远方的风。

拉开抽屉拿出手机,拭去上面的微尘充上电,她知道,远行已经结束,生活还会恢复到从前的样子。她出门去开信箱,意外地看到信箱里的一封手写信,信里夹着一枚钻戒。信上说:那天我急于去见你,可是路上车出了点问题,醒来时人在医院,身边只有护士。我错过了我们的约定,但是我不想错过你……她的目光从信纸转向手机,像看着希望一样怀着急切与期待。

而刚刚充上电的手机,此时还处于关机状态。

木香藤

决定嫁给出租车司机李先，赵小雪是考虑了很久的。

钢琴声水一样流淌在大厅的每一个角落。这是赵小雪最后一天在这个咖啡屋上班了。她看着周围的一切，真不明白，这么久了，这里对于她来说依然如此陌生。若不是心中有一个关于文字的梦想，若不是和苏珂一起，赵小雪断不会独自来到这个陌生的城市，陌生总是让她心中升起些许的惊慌。

赵小雪轻轻地吸一口气，然后开始工作。她手里捧着玫瑰花穿行在大厅里，每个卡座的花瓶中插入三枝。这时候，她看到老板郑浩坐在暗影里，手中捧着一杯咖啡，目光跟随着她的身影。赵小雪一愣，她轻轻地走过去，在他面前的花瓶中插入三枝玫瑰，然后转身走开。没有回头，但她知道，他的眼睛依然盯着她离开的背影。一种混杂的感觉在她心中慢慢洇开。

郑浩的咖啡屋是连锁店，他需要各处去打理，所以他不常在，但那个下午他却偏偏在。当那个常常来喝咖啡的年轻律师在那个下午走进来，把手里的一束花送到赵小雪的面前，而她本能地把手背在身后时，她并不知道郑浩就在她身后看着这一切，她更不知道郑浩的目光在那一刻是带着火的，他眼中的火只想烧退所有想接近赵小雪的男人。

"赵小雪，跟我出去拿东西。"

郑浩说着走出了门。赵小雪看一眼自己面前的花，答应着跟了出来,她看到郑浩坐在车里等着她。

郑浩带赵小雪到了市郊的一个花圃,那里各种各样的鲜花被种植在玻璃暖房中。赵小雪被一种藤本植物所吸引,她看到簇簇白色如雪的小花缀满篱架,她不知不觉就走了过去,从长长的篱架下穿行,仿佛走入仙境般。

"其香清远,其色素雅,这种花名字叫木香藤。"郑浩轻声说,"它看似柔弱,生命力却极强,但只有攀附于篱架,它才会展尽芳华,看到你时,我就想起了这种花。"郑浩的目光透过花丛看着赵小雪,她心里一阵慌乱,她听到郑浩又说:"我,不允许别的男人接近你,你的幸福,我做主。"

赵小雪怔怔地看着郑浩,阳光透过木香花的花瓣纷披而下,仿佛执意要点亮她的爱情。

赵小雪的爱是纯粹的,不沾任何尘俗,带着依附性,像一股溪水般悄无声息地流着。郑浩是她的整个世界。她猫一样温顺地蜷缩在他的爱里。

直到后来,她一次次看到不同的女子坐进郑浩的车里,她才明白那从来都不是她的世界。但郑浩并不这样认为。郑浩还是带她去那个市郊的花圃。

郑浩说:"小雪,你看这些木香藤,它们是离不开篱架的。"赵小雪静静地看着簇簇白如雪的小花。郑浩走过来拥着赵小雪说:"嫁给我吧,让我做你的篱架。"赵小雪的目光依然没有离开那些花,每一处篱架上都缠绕着枝枝蔓蔓的藤,而每一条藤只依附于一处篱架,却能生长的郁郁葱葱。赵小雪看得泪水都涌了出来,她看着郑浩的眼睛说:"可是你……"声音却在此时戛然而止,她不知道要如何表达自己心里的疼痛。郑浩打断了赵小雪,他说:"我明白,我让你伤心了,但我还想告诉你,只有你是我心中最珍

贵的,这谁也代替不了。"

赵小雪知道,苏珂又完成了一部小说,她离她们的梦想越来越近了。但赵小雪再也不想写一个字了。她静静地趴在窗口,看着那些从菜市场出来,手里满满地提着各种新鲜蔬菜,赶着回家准备晚餐的女人。她很羡慕她们。而她只是漂在这座都市里的浮萍。郑浩是想给她一个家,但他能放弃他众多的红颜知己吗?他是属于另一个世界的。

李先是跟随赵小雪的脚步来到这座都市的,李先所有的故事中只有一个主角,那就是赵小雪。

赵小雪终于做了一个选择——离开咖啡屋,嫁给李先。

嫁给李先后,赵小雪在她家的阳台上种了一株木香藤,不久后,那里开出了朵朵白如雪的小花。在李先满世界开着出租车跑的时候,赵小雪去菜市场买来蔬菜,打理好家务,然后坐在阳台上想,她应该完成她的梦想。

但赵小雪没有办法静静地坐下来写小说,完成她的梦想。她先是有了孩子。在女儿七岁生日的那一天,生活和她开了一个天大的玩笑。赶着回家给女儿过生日的李先躺在了医院里,他因车祸伤了一条腿。接到交警打来的电话后,赵小雪拥着女儿,静静地看着那株木香藤。许久后,她站起来打开厨房的煤气灶,细心地熬了一份排骨汤,装在饭盒里和女儿一起送到了李先的病床前。

当李先能用一条腿加上拐杖下床时,赵小雪去当了一名钟点工。她暂时只能做这样的工作,因为她还需要时间来照顾康复中的李先,还要照顾刚刚上学的女儿。

窗前的木香藤又要开了,赵小雪走过去,为它们浇上水,把两根细竹子顶端绑在一起,使它们成一个三角形,竖在那株木香藤前。

可以偷闲静待花开的那些时光里,赵小雪的心中是充满渴望的,是幸福的。

声音来自烟雨

电话铃声响起的时候,于立坐在窗前,指间的香烟刚点着,还没有来得及吸上一口。窗外,远处,黑云密布,眼看就有一场雨。

电话里是一个情绪低落的女人的声音:"你,你好……"于立回答:"你好!"电话里的声音虽然情绪低落,但那毕竟是一个好听的女人的声音,于立期待下文。可是,电话始终没有挂断,下文却久久没有从电话里传出来。于立又对着手机喂了几声,还是没有回音,他便挂了电话。

远处的乌云以各种动物以及植物的形状变换翻滚。于立一边抽烟一边欣赏,说实话,他还从来没有这么悠闲过,特别是刚刚还接了一个声音好听的女人的电话,这让他的悠闲更加有意义。于是,于立觉得这支烟也抽得相当有意义。

铃声再次响起时,于立正惬意地吐着烟圈。近处丝丝缕缕的烟雾,远处大张旗鼓翻滚的乌云,各自映衬出两个完全不同的世界,于立安静地坐在这个世界里看着远处的风景。

"你,你好……"和刚刚一样的声音,情绪明显低落,声音轻柔妙曼。"你好!"于立心里一阵惊讶,小心翼翼地回答。可是声音仿佛还是受到了惊吓,销声匿迹了。于立再次挂了电话,疑惑

地看着手机,翻来覆去地看,看了半天,又抬头看向远处。乌云中现出一只猴子的轮廓,于立认真地看着那个轮廓,只见它翻腾,挪转,只是一眨眼的工夫,那只猴子已经变成一只虎头,正在于立死死盯着那个方向时,虎头照着于立一个俯冲,吓得于立一下子站了起来。当听到桌子板凳哗啦啦倒了一地的声音时,于立有点不好意思了,这都能吓着人,这是真的吗?于立一边捡拾地上的物品,一边又看了一眼远处,此时万籁俱寂,真的什么都没有,除了越来越浓黑的乌云。

当于立点燃第二支烟的时候,铃声再次响起。依然是刚刚的那个陌生号码。这次于立决定不接。

铃声第五次响起的时候,于立终于还是接了。

"喂,你究竟是哪位?你有事吗?"电话里于立先发制人。"你,你好……"还是那个声音,还是那三个字和一串省略号,仿佛是第一次的重复。"你有事吗?"于立再问,问完后他觉得他可以挂电话了,经验告诉他,不会再有下文。

"你能帮我办一张好人证吗?"那个声音在这一句话里显得异常不确定。

"什么?"于立听清楚了,但是不明白。

"好人证,一张好人证,证件所有人的名字是吴小刚。"

吴小刚这个名字,于立有些耳熟,但是他确定,他的熟人中,没有这么一个叫吴小刚的人。

"为什么要办这个证?"于立看看身后的高科技设备。这样问不符合常规,做这一行的,只需按顾客的要求做事并且收取应得的费用,其他的一概不问。

"吴小刚死了,但是他真的是个好人。除了办过一份假的博士研究生毕业证书,他从来没有做过任何一件对他人不利的坏事儿。可是，他们怎么就不放过他呢，非要逼他从这里跳下去。"一阵雷声，分不清楚是从女人的电话里传来的，还是从窗外。

"可是他如果不办那个证，又有什么办法？在他们单位，评职称，升职，出国考察，哪怕就是接待个重要领导，没有那个证总是要吃亏的。那么多人都是这么做的，可是偏偏的，为什么只有他的被查出来了，查就查出来吧，还在大会上三番五次地批，给了处分，降了职，减了薪水，最重要的是，他一下子就被一张查出来的假证打入了一个可怕的世界，所有的流言，所有的冷落，所有的唯恐避之不及，抹杀了他之前所有的贡献。是的，曾经，他凭着自己的实力，对单位以及同事都是有过贡献的。那张假证一浮出水面，所有的好都不存在了，剩下的只有坏。可是他真的是个好人。"

电话里的声音缥缈悠远，声音源源不断传来，轻柔妙曼，真实得容不得他有丝毫怀疑。更可怕的是，于立翻查记录，居然找到了吴小刚，不错，吴小刚的假博士研究生毕业证就是在他这里办的。照片上的吴小刚三十出头，儒雅清俊，如果不是于立亲手为他办的，他真的无法相信吴小刚的博士证是假的。

于立答应了女人的要求，以最快的速度做了一个好人证，并且在做好这个证件后，亲手毁了他亲自设计的这台做假证的高科技设备。

电话拨回去的时候，雨已经停了。于立连着打了十几次女人的号码，电话一直处于关机状态。于立看着天边散去的乌云，看看那台被毁掉的设备，再看看自己的手机，他有些迷茫了。

他真的曾经接到过一个要求办"好人证"的女人的电话吗？

寻找我的情人

晚上六点钟,我打了个电话,是打给一个女人的。那女人虽然我只见过两次,但我似乎已等了她千年。打过电话后,我一直在等我的车,我的车被朋友借去了,在这种情况下站在路边等待的感觉真不是滋味。

七点十五分,我的车才姗姗来迟。当然,就我这个臭脾气,借车的人被我臭骂了一顿。当我急不可待地坐在司机的位置上时,我又拨通了我刚才拨出过的那个号码:"哦,不好意思,让你久等了,你现在还能出来吗?"对方的声音非常动听:"没有什么,你在哪里?"她竟然给我一个答非所问。"我在开发区,到你那里大概要8分钟。你还能出来吗?""哦,8分钟吗?好吧,我等你。"我的车是在6分钟之内到达她所在的小区的。

我的车大概在小区门前停了1分钟,她的身影便出现在我的视线里。高挑的身材,淡紫色的大衣,柔和而微卷的长发。淡淡的夜色中,她远远地飘过来,轻轻扯动了我心中某处沉溺许久的感觉。我好像从沉睡中突然苏醒。

男人约一个女人出来,总是会问一句话:"我们现在去哪里?"我在等待她回答时,想到我以前曾经认识的几个女友,我的感觉中,最多的好像是咖啡厅,日本料理之类的地方。这好像是都市时尚不可或缺的一个环节。我便在心中想着要带她去哪个诸如此类的地方。"问我吗?还是随你吧。"她敛着眼神,浅笑着低声说。"不要客气,你尽管说吧。"我露出了我认为最有魅力最温和的笑容,试图鼓励她说出我刚才在心中想好的某个地方。"我真的不知道的,你喜欢吃什么,你就找个饭店点自己喜欢吃的菜吧。"看着眼前这个娇羞如水莲花的女人,我的大脑一片空白,因为我没有准备好地方,我觉得那是女人应该准备的。车在夜晚的街上行驶着,走过了一处又一处的霓虹灯。

饭店是我找的,饭菜也是我点的。她柔柔地端起面前的杯子,目光像水一样洒过来。我总觉得她有故事,但都藏在那潭一样深的眸子里,她的话很少。她说,无论如何,一个女人应该以爱情为重,我看不起那些拜金的女人。我三十岁才结婚。三十岁之前我失去了我的最爱,在她给我第三次机会的时候。我记得在我真实地感到失去她的时候,我独自站在大街上寻找她的那种心痛。在失去她十周年的这个情人节,我试图为自己找一个想爱她一生的女人。

吃饭只是男人和女人约会的一个小小的插曲,饭后节目才刚刚上演。

我见的女人多了,她真的与众不同。她是一个真实、高雅、纯情的女人,不光我这样认为,青也这样认为,她是青介绍给我的。青说,红颜知己是女人中的精品,而拥有红颜知己的男人必是智者,我一直希望她能遇到那个智者。

确切地说,她真的不是太漂亮,但是她给人的感觉是很美。我的生活中不缺少耀眼的东西,但一份真正的美却让我感动。我不禁伸手想要握住她放在腿上的纤细的小手,可是她却骤然间缩回了手。

我们的车停在这个城市最大的休闲广场门前,它是昼夜营业的,里面有各式各样的精品屋,还有咖啡厅、KTV、当然还有客房。我想带她去咖啡厅。

咖啡厅在五楼。

这个社会中情人如烟花般易逝,可是我却想让她成为我生命中被定格的美。所以我不敢像对待其他女人一样,用我口袋里的钞票来帮我征服她。我怕这种轻浮的动作会伤了她的自尊。我就这样矛盾地走在她的身旁。不知不觉中,我发现她的手竟然挽着我的手臂,不知道什么时候,我们已走进了一个精品屋。她在精心地挑选,我却在想我要怎样找一个完美的理由,在不伤害她的情况下,帮她买下她喜欢的东西。

她终于挑好了,而我的理由也找好了。就在我忐忑地想要说出我为她买的理由时,她把头亲密地靠在我的肩上,说:"我知道你会帮我买的。"看着她绯红的脸离我这么近,我张开的嘴巴被定格在无所适从中。我的脑海中闪现出无数这样的情节,熟悉得让人心痛。

我掏出钱夹为她买下了这个价值1300元的皮包,她的笑容很美。她说:"谢谢,我们就不去咖啡厅了,很晚了。"

分手之际,她目光柔柔地看着我说:"我会想你的。"

我潇洒地挥了一个飞吻,把一切都挥进了夜幕中。

坐在车里,我像一个受伤的狮子王,躲在角落里舔舐着自己千方百计寻到的伤痛。最让我不能原谅自己的是,我竟然还在心里回味着那个女人的气息。

我的手不经意间伸向她刚才坐过的地方,随着手的触觉,我看到了一张折叠着的纸,微弱的灯光里我看着上面那行字:一直都以为,这样的社会再不会寻到真情,不曾想却遭遇在情人节,一直都希望有一个人,能在情人节时送我一件礼物,今天终于收到了,祝福你。旁边放着一沓人民币,我没看,但知道和1300有关。

只是那个情人节过后,我再也没有找到她。

你是我的月亮

"你就是我的月亮。"吴一说。

说完,望了一眼窗外的月亮,此时它挂在那棵高大的法国梧桐树的枝头,冰凉如水,遥不可及。正是这个城市夜色最繁华的时候,一盏盏流动的车灯,汇成一条灯河,静静地流向夜的深处。

窗内,橘黄色的温暖的灯光里,小西的脸在阴影里,看不清楚是甜蜜,还是羞涩。吴一却兀自沉默了,心底,一丝凉意伴随着无奈涌起。近来,对着面前的女人,这句话再也说不出曾经那种让人心动的感觉了。吴一有些慌,他不知道问题出在哪里,他害怕这种如尘埃般飘起来的不确定感。

"你就是我的月亮。"吴一用更深情的语气说出这句话,同时,目光投向小西,久久地凝视着她。

那时候的吴一正沉浸在初恋里无法自拔。他的公主爱笑,美丽,却总是感觉不到他的存在。但吴一不气馁,他最大的愿望就是能走在公主的近旁,看她美艳不可方物的微笑,那笑,总有一星半点会是属于他的吧。

吴一经过三年的努力与默默守护,在备受暗恋的狂虐后,终于在那年的中秋节月圆之时,鼓起了向公主表白的勇气。吴一的表白进行了精心策划,且打了诗情画意的腹稿。在等待公主出现的过程里,他无数次在心里默念:"一定要成功,必须要成功……"一幅表白不成功他就会失去全世界的样子。

约定的时间与地点,公主出现时,吴一手里洁白的百合与周围摆成心形的暖暖的烛光,瞬间暗淡了,他看着眼前明艳的公主,痴痴地愣在那里。打好的腹稿一个字都想不起来。头顶皎洁的月光纷披而下,一阵微风,吹起公主雪白的长裙,仿佛刚刚来自月亮的嫦娥。吴一看呆了,喃喃了半天,才吐出一句还算完整的话:"你……你就是我的月亮。"

公主星月般的目光看着吴一,半天后,微微一笑,说:"其实,今天我是来告诉你,我有男朋友了,今后,我们还是好朋友。"

公主从他的生活里强行彻底退出后,吴一才试着开始与其他女子交往。吴一不停地接触各种女子,只想找到"你就是我心中的月亮"的这种感觉,却再也没有找到。

后来,吴一在父母的殷切期待里,娶了一个父母满意的女子为妻。

此后,他把家留给家人,自己一心打拼事业,一步一步,从一无所有到拥有一切。当然,在打拼事业的同时,吴一从来没有停止过"你就是我的月亮"的这种美好愿望的向往。

看着小西羞涩的很受用的样子,吴一突然感觉很无聊。明明,他对面前这个叫小西的,长相没有任何特点的女人,除了上床没有丝毫兴趣,他却可以对着她故作深情地说出在他心中最神圣的那句话。而明明就在刚才,这个叫小西的女人还在电话里和另一个男人调情——他真的不是故意跟踪的,他去洗手间,恰好听到隔壁洗手间她的声音,这里的隔音效果实在太差了——此刻她却可以如此含情脉脉地接受他的这句话。这所有的一切,是在什么时候开始改变的?吴一无限迷茫。

吴一怀念他的初恋,虽然那只能算是暗恋,虽然最终还是夭折了,但那是多么干净的情感。爱就是爱,不爱就干干脆脆地拒绝。而面前类似小西这样的女人,都那么喜欢蝴蝶一样飞在这种疑似爱情里,对所有的疑似爱情元素都可以照单全收。

吴一再次看向小西,带着探究久久地凝视着她。此时,小西修长的手指在手机键盘上翻飞,眼睛里流露出含情脉脉的兴奋,看样子,就这么一个走神的瞬间,她在微信上,又捕获了某种快乐。吴一真的醉了,她怎么能够那么轻易就把自己调整成含情脉脉的样子,难道这个年代,含情脉脉已经不是特属于女子真情流露时的情态,而是某些女人的妆容了吗?

吴一轻咳一声,小西应声抬头,对上吴一的目光,微微一笑,雨润烟浓,含情脉脉。吴一慌忙移开了目光,有种仓皇逃脱某种恐怖现场的感觉。这种感觉真不好。

吴一叹了一口气。这大概是近些年来,他第 N 次,跟第 N 个女子有过这样的交集了。吴一不敢确定,下一次,他还能不能顺利开口说出"你就是我的月亮"这句话了。

车窗外的风景

是一列慢车。慢得让人心生绝望。

然而苏一末却在享受这份慢——必须以享受的姿态,她想。

苏一末想起李特在电话里说的那句话:"我只是,只是想知道被爱的感觉。"

自从看到彼此的那一刻起,确切地说,自从李特看到苏一末的那一刻起,李特和苏一末之间似乎就有了泾渭分明的界定:李

特是爱,而苏一末,是被爱。在他们的生活里,这是众所周知的。

苏一末是个很安静的人,安静得有些过分,给人的感觉就成了冷。冷不要紧,要紧的是她还有那样一幅弱柳扶风的容貌,这样她就成了校园里的一道风景。大学四年,她无意间成了多少男生心中的林妹妹,恐怕只有女生宿舍楼前的那棵香樟树最清楚。

嫁给李特,于苏一末来说是必然的。不然就不应该了。在所有对苏一末有想法的男生中,李特是最执着的一个,他的执着从一开始就注定了他的志在必得。在这场恋爱中,李特是唯一的主角,而苏一末,只是他的道具。

毕业后,李特说我们留在A城吧,苏一末就听李特的话留在了A城。李特说五一结婚好吗?苏一末似乎想都没想就点头答应了,神色淡淡的,仿佛结婚仅仅只是李特一个人的事,与她苏一末无关。

李特的事业可谓一帆风顺,几年来,该有的都有了,但李特对苏一末却依然如故,每天回家,看到苏一末做家务,他就殷勤地接在手中,特别是寒冷的冬天,他从不让苏一末洗衣服,也不让苏一末洗碗,在李特大包大揽为苏一末奉献一切时,苏一末就安静地坐在沙发上看电视。连苏一末的妈妈都说,我们一末嫁给李特真是她的福气呀。李特回头去看苏一末,却看到她淡淡的目光垂落下来,这样的淡漠让他想起大学时追她的情景,每次,无论他的爱多么滚烫,她都是淡淡的。

李特走了,作为子公司的经理被派驻到另一座城市。走之前的那个下午,李特坐在客厅里一支接着一支抽烟,烟雾弥漫在室内,仿佛是李特浓得化不开的情绪。苏一末安静地坐在沙发上看电视,其实她在等李特跟她说点什么,她知道他有话要说,以前出一次差两三天的时间,他都似有千言万语的不舍,何况这一去就是半年。

然而李特什么都没说,拉起行李箱,深深地拥抱苏一末片刻后就出了门。

李特离开后,苏一末安静地工作,生活,仿佛生活不曾发生过丝毫改变。

让苏一末始料不及的是,一个月后,她居然收到李特寄来的离婚协议书。接着他的电话就打了过来,声音温和如往昔,谈的却是离婚。苏一末鼓起勇气轻轻问:"为什么?"

"因为,我也想被爱,我想知道被爱的感觉。"

想被爱?这么多年来我不是一直在爱着你吗?可是苏一末说不出口,她不习惯。

李特还在电话里说着离婚的事,房子,钱,他什么都不带走,他净身出户,苏一末安静地听着,却感觉她的世界就要被他带走了,她坚不可摧的幸福正在分崩离析。李特说完后,似乎在等苏一末说话,可是苏一末什么也说不出来,她安静地流泪,电话另一端的李特看不到她的眼泪。一声叹息后,李特挂断了电话。

苏一末看着车窗外,她觉得秋色如绵长的风,抚过她的视线。

她动了动身子,心里感觉并不沉重。她知道李特不是真的要抛弃她,他只是想被爱,她还记得在校园里的那次,他拉着她的手说:"相信我,我会一辈子对你好。"

她当然相信。所以她一直安静地享受着他对她的好。可是直到现在她才明白,安静和沉默居然也能置爱情于死地。

车窗外是一望无际的稻田,这让苏一末没有办法知道自己到了哪里。她心里有些焦急,想尽快看到李特,她知道只要她出现了,问题就不是问题了,只要她稍有表示,就会给他和她都带来惊喜。

当然，一定是这样的。

车终于在夜幕中到达目的地，苏一末急切地在人群中寻找李特的身影，当知道她要来时，李特说来接她。她的心怦怦地跳着，为她将要表达的一切不安，她还是不习惯。一点都不习惯。

终于看到李特了，可是同时，也看到了他身旁的她。他们的事情她略有耳闻，但她从来没有在意过，她没有想到他们竟然是一起来到这座城市的，此时，她手捧一束花，俨然是和他一起来迎接她的女主人。

心在那一瞬间冷成了冰，接着，听到一声声脆响。

苏一末微笑着，说："我来，出差，顺便把离婚协议书给你带来……"

出售时光的女孩

那时候我很闲，总是无所事事地在楼下逛，却以一种步履匆匆貌似很忙的样子。所以在很久以后，我才发现了那家店——出售时光，接着发现了店里的女孩。

多数时候，女孩坐在茶台后，清一色的甜白釉茶具依次排列，温壶，烫杯，高冲，淋顶，低斟，闻香，品茗。时光在她的指尖轻拢慢捻，散发着甜白釉般温润的质地。

那日，面对匆匆忙忙闯入的我，女孩始终微笑得恬静淡雅，像招待老朋友一样，说，坐。我一愣，但还是不由自主地坐在了她的对面。女孩送过来一只甜白釉的茶杯，斟满，做了一个请的手势。

我端了杯子低头嗅,然后送至唇边慢慢品,茶是一般的生普,品相中下,没有特别之处,但是特别的是女孩。不错,我对一个公然宣布出售时光的女孩充满了兴趣,这真的不能怪我,谁让她恰好长得有几分姿色呢?

店很小,一处茶台,几处茶叶展架,狭小局促的空间压抑着品茶人的心境。但是只要对面的美女在,这又有什么关系呢?

那晚我一直坐在女孩的对面,以一种名不正言不顺的身份,事实上我走进她的店里是为了拿一份快递。自从门岗拒绝代收快递后,小区人最大的烦恼就是快递的接收问题,我也是这样的。有时候在路上,有时候在家里,那些不想被打扰的时光,尤其不希望被一份快递打扰,所以一个代收快递的中间人,对我们至关重要。不知道从什么时候,女孩接下了这个活,代收一件快递,无论大小,均收一元钱的代收费。这件事,让女孩的形象在我的心目中更加模糊了几分,一个生活在慢节奏里,喊着出售时光闻香品茗的女子,有必要揽下这个出力不讨好的活吗?

那晚我和女孩聊了很多,聊起我们大学时各自所学的专业,聊起我们的朋友圈,聊的最多的还是茶道,但事实上我最关注的问题却只有一个——如何直截了当地泡到这个出售时光的女孩,这让我既兴奋又坐立不安。可是直到那个夜晚的时光被我们一分一秒的聊过去,我的愿望依然没有丝毫进展,女孩仿佛躲在透明屏障的后面,似近在眼前,却又如远在天涯,她不动声色地设置了障碍,让我最终对她失去了耐心。最后,当我站起身来准备离开的时候,女孩再次开口,加你的微信吧。仿佛得到某种暗示,我与她之间的屏障顿时烟消云散。不就是欲擒故纵嘛,哥见得多了。我在心里轻轻一笑,痞气十足地说,好啊。然后我拿起我的快递离开了"出售时光"。但是我知道,我很快还会再回来。

后来我又去了几次"出售时光"。和第一次一样的喝茶聊天,和第一次一样的,她让我觉得近在眼前又远在天涯。我以一种"哥很忙,哥没有闲情陪你浪费时间"的姿态起身离开。事实上最近我闲得无聊,我的职业是一名画家,可我至今连一幅画都没有卖出去,这便验证了前女友送给我的一句话:你是一个不靠谱的人,又从事了一份不靠谱的职业,即便再怎么步履匆忙,你的人生也注定是不靠谱的。可是多年来对梦想的热情,让赶时间成为一种习惯深入骨髓。即便最终梦想成灰,依然改变不了我步履匆匆的节奏。

像我这么忙的人是无暇看微信圈的,但我那天却无意间看到了"出售时光的女孩"的微信圈。我看到一篇标题为《出售时光的女孩》的文章,是本城日报记者阿A写的,阿A这家伙我认识,新闻圈少有的只认理不认人的狂人。阿A的这篇文章让我读得直冒汗:一个富家女,为了照顾一对盲人老年夫妇,一边读书一边开了一家小小的茶叶店,茶叶店所有的收入用来供给那两位老人的生活用度。当然以她的家世,她可以不开茶叶店也有能力照顾两位老人,但是她选择了起早贪黑自力更生这条路。

后来我再次来到"出售时光",我看到了那个悠然品茗的女孩,在一份宣传页上看到了她为茶叶店做的广告:出售时光,一杯茶,一段美好的时光。

那一刻,我的心突然安静了。

偶　像

沫子不会想到,复赛时,她竟然看到了玫瑰。玫瑰是评委,那么美,那么光彩夺目地坐在评审台上。

T形台上的沫子额头渗出了细小的汗珠,玫瑰轻轻地对沫子微笑了一下,沫子才轻松地踩上了音乐的旋律。后来进入决赛,最终获得红枫叶模特大赛的第二名,沫子一直觉得,玫瑰的那个微笑给了她莫大的鼓励。

玫瑰和沫子是同一所大学毕业的。沫子大一时,玫瑰的名字就成了一首诗,在校园的各处被疯狂地吟诵着。沫子常常看着玫瑰T台演出时的MV,在自己的房间里练猫步。妈说,好好读书吧,练什么猫步,模特那是人当的吗?那是仙女才能当的。玫瑰在沫子的心目中,就是那样一个仙女。

沫子捧着奖杯,看着台下的观众为她鼓掌。她把目光转向玫瑰的方向,她看到玫瑰又一次微笑着向她点了一下头。

接下来的一个月,沫子一连接到省内三家服装公司的邀请。他们邀请沫子小姐参加他们的时装秀表演,每一次表演都取得了意想不到的成功,这让沫子心中充满了感恩。

是这样的,是梦想成真,让沫子感谢她生命中遇到的每一个人。

一次沫子和玫瑰一起参加校友聚会。那次的聚会在大学城附近的一个茶楼。一屋子的人,都围着玫瑰,听玫瑰讲着她在模

特界的各种见闻趣事。一时间,赞赏的、羡慕的、崇拜的,把气氛搞得热烘烘。沫子在热闹的人群中安静地坐着,手捧一杯茶,她的眼睛一直没有离开玫瑰。玫瑰一举手一投足,一颦一笑,都让人那么喜欢。有人说:"玫瑰,刚刚参加过中国时装周,感觉如何?像李艾呀,吕燕呀,这次都见到了吗?"玫瑰轻啜一口茶:"李艾见到了,不错,吕燕,没看见。""打开电视,就看到名模玫瑰完美演绎2009秋装的镜头,她们现在不一定比玫瑰有人气。"有人说。玫瑰浅浅地翘起嘴角,将优雅、高贵、浪漫集于一身。让人少喜欢一点儿都不行。

模特,无疑就是陈列在柜台里待价而沽的商品。

所以很多模特都在人气最旺时,做着另一番打算。她们要么成功转向艺人,要么转任设计师经营自己的品牌,再就是趁着当红时,找个有经济保障的好老公彻底离开时尚圈。玫瑰是聪明的,毕竟年龄是个大问题。在沫子她们这批新人进入红枫叶模特公司半年后,玫瑰便不再接受签约,而是成功转型为公司的总设计师。

一次走秀回来,沫子来到玫瑰的工作室,把一大束鲜花送到玫瑰的面前。沫子说:"玫瑰姐,送给你,刚刚你没有看到,台下都成了花的海洋了。"玫瑰说:"哦,祝贺你呀,有签约吗?"沫子高兴地说:"有,分别和北京,上海,深圳的三个大型服装公司签了约。"玫瑰把花放在一个角落里,然后开始了手中的工作。

玫瑰的眼前此时出现了一个个花的海洋,那是属于她自己的。而如今,她的工作室这么安静,有时候甚至是寂静。

玫瑰再次参加校友聚会时,她已经一年没上T形台了。聚会依然在那个茶楼。玫瑰讲了好多她身边最新发生的趣事,大家像以前一样羡慕着。这时候有人说:"玫瑰,给我们说说沫子呗,她现在可了不得了哦。"有人接着说："是啊,听说她都成母校所有女生的偶像了。"

玫瑰想起老总跟她说过的话。那时候,老总正和公司的几位中层坐在会议室,讨论为几名模特确定市场定位的话题,当提到沫子时,老总说："玫瑰啊,沫子人气很旺,你这个小学妹大有超过你的劲头。"那天会后回到工作室,玫瑰突然觉得,室里寂静得让她如此难以忍受。

"玫瑰,给我们讲讲沫子呗,好久没见她了,看来忙得够呛。"有人再次提议。

沫子沫子……怎么总是她。玫瑰的心里有种异样的感觉在升腾。她深深地吸一口气,半天后开口说："她怎么还会想起你们,她演出以外的时间全给老总了,忙得很呢。"房间里一下子安静下来,"不会吧?那个单纯的小姑娘,怎么可能!"玫瑰再次轻轻说："现在,还有单纯吗?从一开始,她走的就是这种棋路。"

而基本上在同一时间,深圳某大型时装秀表演刚刚结束,沫子正在接受南方电视台的采访,记者问："沫子小姐,请谈谈在模特这条道路上,谁对你的影响最大?"沫子对着话筒轻轻地说："名模玫瑰,她一直,是我的偶像。"

晴伊儿的手

晴伊儿长着一双非常漂亮的手。那双手十指尖尖,嫩得春笋一般。晴伊儿一直都感觉自己的手长得漂亮,但真正让她对自己的手刮目相看的,是那次从省城回来开始的。

那天母亲带着晴伊儿去省城的表姨家做客,表姨是一所中学的音乐老师。晚上,表姨带着他们在一家餐厅就餐。晴伊儿听到从什么地方传来一种声音,那是清亮悠扬的琴声,如森林的雨声滴答作响,如涓涓细流的低声吟唱。晴伊儿循声望去,这时,她看到了一架白色的钢琴,琴前坐着一位长发的女子,细长的手指正抚过黑白琴键。晴伊儿呆住了,这是电视中才有的画面,给人一种恍然隔世的感觉。

琴声突然停了,晴伊儿才发现自己正站在琴前,双手正如那女子般抚在琴键上。晴伊儿正不知所措时,那女子却笑着抓住晴伊儿的手,凝视了许久后说,这才是一双弹奏钢琴的手。

十八岁那年由于7分之差,她失去了上军校的机会。她只能报考军校,因为军校不收学费。父亲抱病卧床,母亲越来越羸弱的肩膀,不能够为她撑起一片翱翔的天空。

后来晴伊儿进了一家工厂,她的工作就是每天站在油污污的机床前,来完成某种产品的某道工序。可恶的是这种产品的这道工序,必须在一种像污水一样的润滑剂中来完成。晴伊儿总是在下班后很认真地、一遍一遍地清洗着手上的污垢,可是总也洗不干净。偶尔看到那双日渐陌生的手,她会泪水涟涟。但是到了时间,她还得去上班。

晴伊儿想,有一天我嫁人了,一定要让男人养着我,将我的手保养得像过去一样。晴伊儿的模样、气质,在小城毫无疑问是拔尖的。23岁那年,晴伊儿真的就嫁给了一个有钱有权的男人,做了全职太太。

男人很讲究,内衣、袜子每天都要换。晴伊儿的手只有不停地揉搓。后来又有了一个可爱的女儿,于是她纤细的指尖上又多了些怪怪的味道，可她的脸上、心里全是满足。眼看着男人要升局长了，家里家外她都不能给他丢了面子，她的那双手更没有了轻闲的时间。

男人当局长后，家里雇了保姆。晴伊儿无意中对男人说，我想弹钢琴。于是男人便毫不犹豫地买了架质量上乘的钢琴。

在宽敞的客厅里，坐在白色的三角钢琴前，晴伊儿用已经有些粗糙的手指抚过莹亮的琴键。尽管有专业琴师指点，她还是觉得力不从心。难是难，但最终还是学会了弹奏钢琴。手上的肤色也好了很多，渐渐地又变得肤如凝脂了，晴伊儿的心仿佛小鸟插上了翅膀，随着音符袅袅地飞翔。

那天，喝过一杯淡淡的普洱茶后，晴伊儿弹起了《高山流水》的曲子。

琴声萦绕在下午的落地窗前，她在极力想象着俞伯牙因钟子期的亡故，寻不到知音而离家出走的那些日子里，韩娥在每天的黄昏里，坐在亭子里弹奏《高山流水》时的情境。她在想自己什么时候才能达到那种澄然秋潭、皎然寒月的曲境。她可没有像韩娥那样，在闺中有父亲教她音律，嫁后又……正在沉思时电话响了……男人被"双规"了。贪污、养情人，一样也没少。

晴伊儿听到消息很愕然，先是默默地流泪，后来是号啕大哭，再后来便肆无忌惮地大笑着抓起水杯，狠狠地砸向那架钢琴。琴键受了水杯的冲击，发出一串吱吱呀呀的怪音。

晴伊儿带着女儿离开了被查封的家。临出门前，她回头看着那架白色的三角钢琴，它是那样的豪华，那样的高雅，但它并不属于自己。

晴伊儿又回到了从前工作过的流水线上，一次工作中的失误，她左手中指的指尖被机床绞了去。

再后来的日子,晴伊儿总是黑着一张脸,臃肿着水桶般的腰,手脚麻利地在流水线上作业,偶尔大声地唱着《香水有毒》的调子,不忙时还会做若干个弹奏钢琴的手势。

她的手黑而且粗糙,手掌上的纹路很深,娴熟地舞在流水线上,似乎舞出了另一种行云流水。但谁又能想到,那双手曾经弹奏过俞伯牙的《高山流水》呢?

风的感觉

见过左一的人,都说他是个有故事的人,无论故事藏在他的过去还是将来。

不管从哪个角度来说,左一都比别人快了半拍,优越了几分。比如说,毕业时。

毕业时,新闻系的学生在到处找工作。学新闻看似热门,其实不然,你只要拿着你的文凭走过去,那些大门要么不朝你开,要开也只是给你开一条缝,来吧,来了先实习。实习意味着什么?实习就意味着让你留你就留,不让你留你就走人吧。

但左一不是。左一在一拿到毕业证时,便走进了本城电视台新闻部做了一名实习记者。三个月后,在少数同学终于找到实习的机会,多数同学还在寻找的过程中时,左一正式成了电视台一名在编的记者。啧啧,你看人家左一,两个字,成功。一群人在羡慕,羡慕归羡慕,你还不能不服气。有人就说,他能不成功吗?上帝从一开始就给他准备了一路的绿灯。陆毅式的形象和风度,张艺谋式的头脑和智慧,再加上他非常人能比的勤奋,他不成功谁成功?那人还孔明似的预言,看着吧,他更成功的还在后面呢。

在那人预言后的某一天,左一就开起了自己的传媒公司。左一就是左一,好像甭管什么事,只要他尝试了,就没有不成功的。左一的公司就像开在希望的田野上,一路生机盎然着。几年后,他的公司已在全国蔓延了七家,而且蔓延的趋势还在风生水涨着。

左一虽然从没有失败过,但他从没有尝试婚姻的想法。左一很随意地端起一个高脚杯,举在面前,任杯中的鸡尾酒在手中幻化出另一番情趣。左一说,爱情是什么?爱情就是风吹来的一种感觉,或温馨甜蜜,或寒冷彻骨,或者就仅仅是一阵风,在轻抚过你火热的生活后,不留下任何痕迹。

左一无论是在业余,还是不在业余,他总能让自己游弋在各种感觉的风中,从来没有停留的意思。左一说,唉!有时候想找一个安静寂寞的地方,还真挺难的。

左一就一个人去一个地方,太行深处的那片竹林。别人都是在节假日找一个好天气,结了三五人同行。左一不。左一偏在山中相对安静,会下雨的天气去。左一说,这样能感受到最自然的风和风光。左一不说,其实左一来这里还有一个另外的原因。那个另外的原因就是,左一的童年直到初恋结束的那段日子,都是在这里度过的。左一总感觉,似乎他昨天还生活在这里,又似乎他已离开这里几个世纪了。总之,对这个地方的回忆以淡与不淡的形式在他的脑海中重复着。

左一是在他三十九岁那年,在公司的一次招聘会上看到若子的。看到若子后,左一的脑海中突然闪现出一个镜头,偌大的竹林里,一个女孩儿依偎在他的身旁,翠绿中,风吹来的感觉温馨甜

蜜,能侵蚀人的心骨。这一切像一个回忆,存活在他的记忆中;又似一种期待,将发生在不久后的一天。无论是回忆还是期待,左一坚信,他都能确定它的真实性。

左一把思绪从回忆与期待之间的游离中很果断地拉回来,锁定在眼前的若子身上。左一思考了一下,又思考了一下,清纯?漂亮?美?最后左一很无奈地说,汉语的词汇太贫乏了,这女孩儿没有一个恰当的词来形容。

当若子拿出自己的简历时,左一和公司的招聘主管问了同一个问题,学舞蹈的?招聘主管接着说,我们只要专业的IT人员和美编,看来公司没有适合你的工作。那个叫若子的女孩儿紧闭着小巧的嘴唇,很无辜地看着左一,好像在问,是吗?目光中,是五分的失望,十分的动人。当她站起身来准备离开时,左一很坚定地说:"你被聘用了。"身旁的主管说:"我们的专业要求很强,她没有这方面的基础,我怕从头培训难度很大。"左一挥一下手说:"不懂IT,不会美编,都不要紧,可以当行政主管嘛。"其实左一在心里决定,就是不当行政主管只愿意跳舞,那也成,他也要满足她的要求。

后来,当左一满面春风地走进公司时,却没有看到若子的身影。他心中顿升一团谜。

左一很快就把这个谜解开了。

没来公司的若子,去北京一所学校学习舞蹈表演艺术了。原来那天若子来应聘时,刚刚拿到录取通知书,由于太兴奋了,她就想做点儿什么,于是就找了这家很有实力,专业性很强的公司,临时扮演了一个应聘者。

解开了谜的左一,对着他拟定好的计划书,呢喃了一句包含深意,却只有他自己能听到的话,然后驱车来到太行山深处的那片竹林。

左一去时带了一大束百合花,也只有他自己知道,他要把它放在一个姑娘的坟前,她生前最喜欢的就是百合花。

百合冰

一起喝咖啡吧。好,一起喝咖啡。雨中情怀吧。好,雨中情怀。

快下班时我接到苏可可的电话。下班后我直接走向了雨中情怀咖啡屋。

苏可可来时,我正坐在一个临窗的位置看着窗外。城市的大街上没什么好看的,除了行人就是行人,除了小车就是大车。我只看到我满怀的思绪在眼前飞来飞去,然后我就跟着这些思绪或笑或愁。

咖啡厅里正弥漫着陈瑞的歌声:"我是一只爱了千年的狐,千年爱恋千年孤独……"这种凄婉,让人不愿意相信尘世间还有明媚的阳光,即便相信了尘世间有明媚的阳光,也不愿意相信光照中灿烂的爱情。它只让人看到了那段凄美,让人相信世间真正相爱的两个人是不能圆满的,而真正圆满了的却不一定相爱。哪怕刚刚还在爱人的怀中,也想说一句,唉,多像那时候的我和他,我和他……在想象那个曾经存在或不存在的"他"时总要酝酿出一段忧伤来。

苏可可坐在我对面,哗啦啦把包、手机和手中一切能扔掉的

都扔在雅座的沙发上。然后仰头靠在沙发的后背上。

我把我的目光从我的思绪中调到苏可可身上。苏可可总是这么潇洒。苏可可还是仰头靠在沙发上。

苏可可你就像从时尚剧中走来的女郎,而我却像原始山村的村姑。在苏可可面前我总是失落。

苏可可轻笑,有太多赞美她的语言,她不在乎我多一句。她端起面前的咖啡用银勺轻轻搅动。然后放在红红的唇边轻啜一口,咖啡杯上便留下一个红红的唇印。这种咖啡的名字叫魔幻飘浮。看看我面前的杯子,还是干净得让人失落,我总是学不会苏可可的格调,就总是羡慕她。

"情到深处看我用美丽为你起舞,爱到痛时听我用歌声为你倾诉……"陈瑞的歌声还在喋喋不休地诉说着那个凄婉的美丽。苏可可说,我又恋爱了。

苏可可说,有一个作家要带我去天涯海角。

我看着苏可可,我在想没准哪天苏可可会告诉我,说刘德华要带她去火星。

苏可可就像一个精灵,她企图让这个世界都围绕她转,何况一个男人。她的爱情就像三月里的风,总是居无定所。甚至有一次接到苏可可从拉萨打来的长途,知道她在旅游途中把恋爱谈到了布达拉宫。唉,这个苏可可。

陈瑞的歌声还在喋喋不休,苏可可背起她的包,哗啦啦拿起沙发上的一切走出了咖啡屋。

苏可可就像三月里的风,绕过途中的每一个角落,她总是在适当的时候终止一段旅途,然后在适当的时候开始下一段。

一起喝咖啡吧。好,一起喝咖啡。雨中情怀吧,好,雨中情怀。大概三个月后,最多三个月。我在快下班时接到苏可可的电话,下班后我直接走进了雨中情怀咖啡屋,在一个临窗的位置坐下,我看着窗外。

苏可可坐在我对面,哗啦啦把包、手机和手中一切能扔掉的都扔在雅座的沙发上。然后端起面前我为她准备好的咖啡,用红红的嘴唇轻啜一下,杯子上便留下一个红红的唇印。

苏可可喝咖啡的频率和以往不一样。我静静地看着她。

在她身上寻找一段旅途留下的痕迹。我把苏可可的恋爱称作旅途。她和我喝咖啡时动作的确一次比一次丰富,一次比一次有内容,就像我的电脑绘图,一次比一次绘得更加完美一样。

苏可可说,告诉你吧,我又恋爱了,一个公司老板。

我看着苏可可,苏可可的眼神疲惫而空洞。我说,希望这是你最后的港湾。

苏可可把咖啡杯"砰"地放回原处,有几滴咖啡不安分地跳了出来。苏可可盯着我的眼睛,足足盯了两分钟后说,你想让我把生活搞得像你一样俗不可耐、了无激情吗?

我像一个做错事被老师批的学生般,悄悄躲着周围的目光端起面前的咖啡杯。

我去哪里找一个像他一样让我心动的愿意嫁出自己的男人?就算我真的心动了他们还不都是一样的没有诚意。许久后苏可可轻声说。我看她,有泪水滑过她光洁的脸颊。

他是苏可可的初恋情人,苏可可和他拼了三年拼出了一份收获,然后他凭借着拼搏起来的资本,轻易娶了一个能让他更有收获的女人。

苏可可便把自己像风一样流放在她能去的每一个角落,像风一样寻寻觅觅着。

陈瑞的歌声依然不知疲倦地在我们周围弥漫着:"寒窗苦读

你我海誓山盟铭心刻骨,金榜花烛,却是天涯漫漫陌路殊途……"

苏可可哗啦啦拿起沙发上的一切,走出了咖啡屋,我跟在后面。

苏可可说,我一点儿不喜欢陈瑞的歌,我不相信来世。

欣欣,我冷,很冷。快下班时我接到苏可可的电话。那时候春天刚刚过去。

你知道那种漫无目的的恐怖吗？像黑夜一样说来就来,我厌倦了,像你一样多好。电话线那边我似看到苏可可的泪水在流,电话线这边我长长地吸了一口气。

可可,一起喝咖啡吧,我知道一种叫百合冰的,香甜的咖啡。

花开时节

我是个喜欢喝茶的人。我常常会去月牙的茶楼坐坐。

我固执地认为,是那场轰轰烈烈的爱情让清清纯纯的月牙喜欢上了这个姿势——指间夹一支爱喜的香烟懒懒地依在那扇落地窗前,这应该是个很颓丧很忧郁的姿势。

窗外的春意越来越浓,但月牙却说,日子依然是旧的。

在月牙的茶楼我看了她的博客。

月牙在微博上说:桃花开了吗？三月二日。桃花开了吗？三月十八日。桃花开了吗？三月二十三日。月牙说她是在最近才发现,微博是一个很有意思的平台,没事儿或者有事儿的时候,都可以来这里发发感慨,晒晒心情。

三月二十三日那天下午,当月牙把这五个字加上一个带着迷离色彩的问号再次晒在微博上后,她向窗外瞄了一眼,然后拿起车钥匙,她说,陪我去桃园看看好吗？那时候我正在品尝一杯西湖龙井。我让温热的茶水滑过舌尖,然后对着月牙摇头。我觉得人在某种状态下很有必要自己一个人待一会儿。我看到月牙在走出门的时候,又回头看了一眼她办公桌旁边白色工艺架上的那盆观赏桃花——细小的枝头上粉色的花朵娇艳夺目。

观赏桃花是阿蒙送给月牙的。阿蒙连同这盆观赏桃花一起送给月牙的还有这个办公室,以及办公室外面整日流淌着音乐的茶吧。月牙喜欢阿蒙带给她的一切。但她总是觉得,这里的一切都是阿蒙的——尽管阿蒙总是说,这里的一切都是她的。月牙让神秘园音乐流淌在这里的每一处角落里。她说她迷恋神秘园的舒缓柔美。

阿蒙呢？阿蒙有很重要的事情要做,他最近在做的这件事情和月牙有着密切的关系。

桃园在小镇的东边。

小镇在小城的东边。

从小城去桃园要么走过镇子要么绕过镇子,一个多小时的车程。去一次,会让人觉得有点儿小麻烦。但月牙想去看看桃园的那些桃树,最主要的,当然是去看桃花。从冬天的最后一场雪开始融化的时候,她的心里就萌生了这个念头。

冬天的最后一场雪开始融化的时候,月牙的茶屋来了一个女人,一个美丽的女人。女人没有坐在典雅的茶座间,却敲开了月牙办公室的门。女人自顾坐了,然后把目光投向月牙,半天后说,你就是阿蒙的女朋友吧,我只是来看看你,看看是什么样的女人让阿蒙决意要放弃我和他十年的感情。月牙说,她当时心情极度紧张和不安,她以为接下来女人会对她说很多难听的话,会有过激的行为,她甚至都准备好了随时夺门而出。然而,面前的女人落寞地沉默着,甚至还保留着惯常的优雅,只有目光中无法掩饰的冷如同窗外的冬。月牙在女人的目光里打了一个寒战。

就是从那一天开始,月牙的心里萌生了想去看桃花的念头。

一个小时的长度,在某种情状下使劲地浓缩了再浓缩,就成了一眨眼的工夫。一眨眼的工夫,月牙的车就停在了桃园外。车窗外,她看到光秃秃的树枝,没有任何开花的迹象。

月牙和阿蒙就是在这里相遇的。只是他们相遇的那个季节枝头上缀满了粉色的花朵,风里裹着湿润清新的泥土气息,一株株的桃树像一个个不懂得忧伤的女子,恣意妖娆地站在春天里。而月牙,那时候正满心欢愉地守护着它们。那是她毕业后的第一年,那时候她唯一的愿望就是终日和那些桃花相伴。她的所学就是园艺专业,这和她的愿望是一致的。如果不是阿蒙的出现,月牙会认为这种生活方式是近乎完美的。

但阿蒙出现了。他像突然闯入的异类,以类似于外星人的破坏力度迅速摧毁了月牙原有的一切。

阿蒙说,这不是你的生活。

月牙看着他,看着满园的桃花,看着离桃园不远的古镇。她心里唯一的感觉就是:这里真美。

月牙问阿蒙,那什么才是我的生活。

阿蒙看着她,又看看满园粉色的花朵。

在桃花开始凋零的时候,阿蒙拉着月牙的手带她一路离开了桃园。

月牙是在傍晚回到茶楼的。看到月牙时,阿蒙站起身来轻轻拥她入怀,他的脸上洋溢着轻松和愉快。他说,一切都解决了,她答应这几天去办手续。月牙低着头推开阿蒙,然后为他端来一杯茶,坐在他的对面深深地看着他。阳光正一点一点地从窗外洒进来。

后来的后来月牙告诉我,那个下午从窗外洒进来的阳光有着前所未有的暖。

半个月后的一天,阿蒙在一个叫着小屋的茶吧找到我,他那样急切地问我,月牙呢,她究竟去了哪里?

其实我也不知道月牙去了哪里。这年头,把自己藏起来总是一件很酷的事情。只是我知道月牙不是那种随便就想酷一下的人,让月牙离开的,是那个女人目光中如寒冬般的冷。月牙不能允许因为自己,把冬天永远留在另一个女人的生活里。

月牙在发给我的信息里说:桃花终于开了。我回头,却望见我的爱情正在凋零。

与幸福有关

于陌陌常常哼在嘴边的一首歌是《与幸福有关》。

于陌陌说这首歌里她最喜欢的是胡杨林开唱之前的那句话:幸福就像身边的风景,很容易看见,也很容易忽略,请相信一切都会与幸福有关。

我们业务部的人很忙。忙得除了上班和下班那会儿,总是谁也见不着谁的面。大家忙着要见的是这样那样的客户,忙着把自

己的笑脸和某某产品一起送到那些上帝的面前,然后呢,当然,换来的钱最好多到拿不动。可是,谈何容易。所以业务部的人自认为,每一天的每一天,郁闷总是多于幸福。但于陌陌不同。仅仅在下班和上班能见着面的那一会儿,足够我们来感受于陌陌幸福的分贝了。

于陌陌说得最多的是她那位很有能耐的老公与老公对她的好。人家那老公,不管是不是节日,总是时不时地就要送她一束花,要和她去喝一次咖啡,要陪她去看场电影,当然,是去真正的奥斯卡电影院。美容卡是钻石级别的。健身在环境最优美的湖边瑜伽馆。她说老公说了,心情、美丽和健康都不容忽视。总之,于陌陌要什么就会有什么,想干什么就能干什么。

今天于陌陌又让大家狠狠地羡慕了一番。鉴于某种情愫我已经开始嫉妒了。你听听,放着好好的业务不着急去做,放着好好的钱她不屑一顾,在这样美丽的冬日,她老公愣是要给她买张飞机票,让她去领略一下江南小镇的美丽风光。她还不领情,把人家臭骂了一顿,人家只好放弃了让她潇洒走一回的念头。于陌陌说,他太多事儿,总是怕我不够快乐。说过这些后,于陌陌一晃一晃地走过了我的办公桌。

曾经多少次,我想象着如刘若英一样走在似水年华的乌镇,无限的向往让我的梦都做得充满了文艺气息。可是于陌陌居然……

马上就月底了,这个月的任务又没有完成,一件好看衣服的钱是要被那位资本家一样狠心的老板给扣除了。可恨的是,同样没有完成任务的于陌陌却整日轻松地唱着《与幸福有关》。

正在我又恨又郁闷的时候主管打来了电话。他说,这个月三个业务部要进行总评选,评选的标准是看本业务部全体人员完成任务的百分比,你和于陌陌不能拖大家的后腿。为了评选不受影响,主管把自己一个快要成交的订单让给了我和于陌陌。主管说他已和对方打过招呼了。只要我俩能拿下,这笔业务我俩平分。听到这么振奋人心的消息后,我渐渐枯萎的情绪如雨后的百合般绽放了生动的光芒。

事不宜迟,我赶紧给于陌陌打电话。可是于陌陌的电话竟然无法接通。再打,还是无法接通。幸福的女人果然什么都不在乎,都火烧眉毛了,她还敢让手机无法接通。

幸好我知道于陌陌家的大致方位。我都想象过好多次了,那一定是个有着落地窗,温馨典雅得让人不得不羡慕的家。

于陌陌还没有来得及适应我的到来,一个房间里传来了一阵声音。于陌陌尴尬地对我笑笑,奔向那个房间。

就在这时,一个玻璃破碎的声音传入我的耳中。我在推开那扇门的瞬间呆住了。一个男人被结结实实地捆绑在一个很大的老板椅上,他在束缚中拼命地挣扎,脸上的五官扭曲着,口水挂得很长。地上碎玻璃,水渍,还有于陌陌那被摔得七零八散的红色手机。于陌陌早已忘记了我的存在,柔声细气地对那个男人百般安抚着。

不知道过了多久,男人终于安静下来,慢慢地睡着了。于陌陌麻利地整理好满地的凌乱不堪,走出房间时已经泪流满面了。于陌陌哽咽着说,一年多了,一切都在一点一点地破碎,每当他的毒瘾发作时,我跳楼的心都有了。

那晚,于陌陌的一切在我的脑海中翻来覆去。怎么会是这样的?

然而,当我在第二天的清晨走进办公室的时候,我看到于陌陌一边整理着文件,一边正小声唱着:相信,等待奇迹就会出现,

相信,不放弃会到终点……她的声音甜美而轻松。

我走过去,拉了于陌陌的手就往外走。我边走边说,那份订单今天必须搞定。

搞定就搞定。于陌陌哈哈的,一脸没心没肺的笑。

半年后,正是绿意盎然的季节,一天下班的时候于陌陌告诉我,她休假一周,去乌镇。我善意地向她笑笑,不知道说什么好。不料于陌陌真的拿出了两张飞机票,明天就走,他戒毒成功,开始一项项地兑现他的诺言。

我看着于陌陌越走越远的身影,突然再次想起那首歌——《与幸福有关》。

樱花七日

我累了,我想结婚了。

听到这句话后,我半抬起头,搅动咖啡的银勺还搭在杯子的边缘,疑惑地看着对面的左小曼,我说,你是怎么想开的?左小曼说,我没有想开,我只是想结婚了。说这话时,左小曼已经三十七岁了,她属于这个小城真正的小资女人,有着一份收入不薄的工作,拥有装修雅致的高层住宅,小型的女士轿车。这样的左小曼,总是轻而易举地甩开在她面前大献殷勤的男同胞,像一条穿行在岁月缝隙中的鱼一样,似乎抖一抖尾巴,便会抖落掉尘世间的一切,让美永远展现在她的眼前。

曾经,左小曼说,一个要和你一起生活的人,他必须让你百分之百的满意。说过这些话,左小曼很落寞地摇摇头,就这样拉开了自己和婚姻之间的距离。在她三十七岁之前,我从来没有从她的嘴里听到过有关婚姻的字眼。

决定结婚后,左小曼就一次次地去相亲。左小曼的第 N 次相亲非要拉着我一起去,她说,你帮我参谋参谋吧。我坚决不同意。我说,凭什么?左小曼先是瞪圆了眼睛看着我,然后换上一副可怜巴巴的央求的神情。这样我就受不了了。我说,好吧好吧,我仅仅只是陪同你哦,到时候什么也别想问我。

相亲的对象是一个四十岁左右,精力充沛的外科医生,离异,儿子跟着前妻,他每个月要付给他们大额的各种费用。相亲的地点在一个咖啡厅。外科医生很有修养地收敛着他具备穿透力的眼神,平静地喝着咖啡,聊着比才的阿莱城姑娘,勃拉姆斯的第三号交响乐,甚至聊到了维瓦尔第的四季和曼陀铃协奏曲。我相信能够如此谈论音乐的医生,他的内心是丰富的。我看到左小曼惯常清高的神情中,透出了淡淡的笑意。外科医生非常热情地邀请我们共进晚餐。

整个相亲的过程让人更加坚信,做美女真好。

但结局却是出乎意料的,外科医生从此音信全无。一次无意间听说,那次的相亲,外科医生还留下了一句非常经典的话。他说,越是精致的女人,岁月留下的痕迹越显得触目惊心。据说外科医生最后和一名刚刚大学毕业的实习护士结婚了。

一年后,左小曼也要结婚了,她要嫁给一个名气和年龄都很大的画家。我惊叹,唉!女人呀,一向都要求完美的女人呀!左小曼没有理睬我的惊叹。左小曼轻轻用手按了按眼角的鱼尾纹,平静的目光投向窗外不远处开得正艳的樱花,那里正有人拿着相机在拍照。左小曼说,你看那些樱花多美,而它的美,更在于盛开时的热烈,但你知道一朵樱花的花期是多久吗?七天,它仅有七天的寿命。

再见到左小曼时,总是看到她坐在那扇能让人心平气和的落地窗前,身边围着三只白色的比熊犬。那时候左小曼因为老公是画家,工作稍有了变化,属于那种说重要就重要,说不重要你几天不去也没人敢说什么的职务。这样左小曼就有充足的时间来饲养她的比熊犬。左小曼说,比熊犬经常需要有人陪伴,要保持它最佳的形态,需要每日给它梳理毛发,定期进行专业修剪,当然还包括定期为它洗澡并吹干毛发使它们变得蓬松。左小曼说,一开始只养了一只,但觉得它寂寞,就养了第二只,后来还是觉得不够热闹,又买来了第三只。画家老公常常会出席这样那样的会议,参加这样那样的活动。左小曼就会长时间地和她的比熊犬待在落地窗前。

那是个春寒料峭的傍晚,一切都在悄无声息地散发的生机。左小曼用手指了一下窗外,我看到不远有几棵新栽的樱花树,左小曼说,再有几个月花就开了,等花落的时候我请你来观赏。花落的时候?我不解。是呀,原来我只喜欢它盛开时的热烈,现在却总想起像它怒放后纷纷飘落时的那种清高、纯洁和果断的壮烈场面。

那种纷纷飘落场面,一样很美的!

雕　刻

　　她坐在一张旧桌子前,桌子上有一张黑黑的橡胶垫.不知道为什么一张原本还有几分姿色的桌子,非要铺上这样一张丑陋的黑皮。她的面前有一个铁制的工具夹,一个铁制的盒子,里面是各种各样据说是白钢条做成的小小的工具,旁边还放着一个小小的铁锤和一盒红红的印泥,一个像普通鞋刷子一样的钢刷子。初一看,真不知道她是为了做什么,准备了这些道具。

　　她本是个舞蹈演员,只看那身材就知道。她的身材纤细,柔软,修长。她表演的女子古典独舞《相思引》,曾获得全市二等奖。"台上一分钟,台下十年功。"她已整整练了六年舞蹈了。懂行的人说她很有潜力。

　　此刻她拿起一个小小的方方的铁块,以一种很外行,很陌生,很不情愿,让人看着很不忍心的动作把它夹入铁制的工具夹中,然后拿起一个尖尖的工具,用那把铁锤叮叮当当地敲打着。这是刚才她的师傅让她这样做的——先练习刻直线。

　　她的眉头皱着,让人觉得每敲一下,她的心就会疼一下,但她还是极认真地在敲着,似乎她整个的重心都寄托在这个动作上。

　　曾经,宽敞的大厅里,晶亮的镜子前,她的头发高高地绾在脑后,乳房曲线玲珑地挺在胸前,穿着金黄色的飞天舞服,长绸绕肩,保持着舞蹈艺术中的"高调形体"。她开始起舞了。敦煌这种舞蹈的难度很大,内行的人都知道,很多人都受不了它的一丝

不苟而退缩了,但是独独她,就学会了这个舞。向上,旋转,回身,飞舞……似在云中翱翔,长绸在空中萦绕卷扬。镜中,她的姿态轻盈妙曼,舞姿变幻莫测,如云似烟,似梦如幻……

她纤细若无骨的手指,死死抓紧那把磨得黑黝黝的铁锤,眉头紧紧皱着,让人觉得每敲一下,她的心就会疼一下。

曾经,宽敞典雅的落地窗前,她悠闲地坐在浅绿色的真皮沙发上,目光所及之处,盈盈碧绿间,洁白的挂着花环的秋千在荡漾,她三岁的女儿欣欣在秋千上咯咯地笑着,时时向她招招手。五点钟的时候,她得去把她抱进来了,桌子上,有她专为她调制好的果汁。喝过后再让她睡一觉。

可是现在,她的女儿只能暂时寄养在母亲身边了。

还记得那个闷热的,连知了都保持沉默的午后,她知道了那个消息。那足以让她和她的家庭毁灭的消息,老公被双规了。贪污、养情人,他一样都没少。顷刻间,她的整个世界发生着天翻地覆的变化……

后来,她接到很多电话,那些电话来自那些曾经围绕在她身边的男人们。此刻他们都以拯救者的身姿,许诺给她和以前一样,甚至比以前更优越的生活。但她一一拒绝了。那个一度把她捧在手心,要和她一起慢慢变老的男人,已让她的心碎在那个闷热的午后,她的生命中从此只有女儿和舞蹈。

她接受了母亲略费周折为她找到的这份工作。她告诉女儿,妈妈不会让你受委屈的。

她的师傅走过来了,那是个有着标准的工人形象的,30多岁的女人,她的脸上似乎总蒙着一层灰灰的什么东西,就像这里的空气,没有了那种透透的亮。师傅很认真地看看她手中的工作,眼里是那种让人捉摸不透的模糊。

她的这一系列动作,只是为了学会一种刻字的技巧,而那些被刻出来的字,会被打在这个工厂每天生产出来的产品上。也就是说,她从此便是这个工厂的一名刻字工人了。

之所以来这里,她为的是那每月1600元的月薪。因为她的女儿依然伴随着她,因为她只想过一种远离从前的生活。但是她坚信,无论走到哪里,她都会让她的舞蹈伴随着她的脚步。

传　奇

初夏时,苏艺和灰木有了一面之缘。此后,苏艺就花了些时间在灰木的身上。

苏艺接近灰木的办法就是每个周末去"个性空间"做一次头发护理,偶尔,她会让灰木给她设计一个适合出席某个活动的发型。

灰木是"个性空间"发型设计工作室的首席发型设计师。他穿一件宽松的黑色长袖上衣,一条左膝盖上有三个洞,右膝盖上没有洞的牛仔裤,他的头发很个性,但绝不扎眼,没法用语言来形容,真的。若非要用几个字来表达一下,那就是:灰木的发型。灰木曾说,我喜欢王菲的歌声,不可复制,无法抄袭,只表达她自己。

整个夏天里,"个性空间"从来没有换过背景音乐,只有王菲的《传奇》,从每天上午九点钟开始,一直响到夜的深处,才渐渐地平息安静,直到第二个上午九点钟再次响起。如此的,周而复始。每天,灰木就在王菲的歌声里潇洒地为顾客设计发型。他的

设计或飘逸,或严肃,行云流水,看山是山,看水是水,艺术与生活的完美结合。

在灰木这里,无论顾客提出怎样的要求,最后,灰木都能保证让他们百分之一百的满意。

苏艺想,灰木这家伙就是一个漫不经心的完美主义者,他的生活洒脱,自我,春风得意。是上天赋予他的资质,加上自己不懈的努力,才可以让他的一切如此完美,他的光环背后,一定有一个又一个感人的故事。苏艺要找的,就是这样的人。

当王菲唱到"宁愿相信我们前世有约"时,宽大的玻璃门轻轻开启,苏艺在服务生的引领下来到镜子前,她从镜子里打量一下自己的头发说:我找灰木。服务生礼貌地说:请稍等片刻,灰木还要一会儿才能做完前一个。

苏艺轻笑,看来这家伙还挺范儿。

二十分钟后,灰木走了过来,请问美女这次想做一个什么风格的发型。苏艺说,晚上参加电视台的酒会,请为我设计一个合适的发型。灰木看了看她飘逸的长发说,OK!

半个小时后,苏艺非常满意地在镜子前打量着自己。离开之前她跟灰木说,你真的从来没让顾客失望过。苏艺是市电视台《艺度空间》节目的编导,她决定明天就来找灰木完成她的计划。

同事阿曼看着苏艺渐行渐远的窈窕身姿说,美女编导不会是看上你了吧?灰木,不错嘛,我挺你哦。灰木双手抱在胸前,哼着《传奇》的调子,看着阿曼轻轻地笑。

第二天,苏艺果然带着助手来找灰木,表明要为灰木做一期节目,苏艺的那档节目就是为小城那些在各个领域出类拔萃的成功人士准备的。这档节目的主要意义在于:让人们看一看成功人士走过的道路,鼓励人们,在平凡的生活中,做出不平凡的成绩。

苏艺跟灰木说,我已经关注你很久了,以你目前的影响,很适合做这档节目。

明白苏艺的意图后,灰木愣愣地看着她,半天后说,让我考虑一下,好吗?

几天后,苏艺再次来找灰木。在灰木的工作室里,灰木最终还是语气凝重地拒绝了,这让苏艺有些纳闷,继而又有些激动,这么好的机会,多少人想上我的节目还没资格呢,怎么你却一次次拒绝呢?激动的苏艺一不小心,把一杯热咖啡洒在了灰木的胳膊上,忙伸手去擦拭,这一伸手,她感觉出了异样,再用手顺着胳膊往上摸,一切就都明白了,苏艺讶然地看着灰木,再也说不出话来。

灰木拿一条毛巾拭去衣袖上残留的咖啡渍,低声说,吓着你了吧,没错,我的右臂是假肢,左臂也有严重的伤残。所以,我不想上你的节目,不想让我的残缺暴露给太多的人,美好的一切是靠努力得来的,人都是有点虚荣心的,我想保留这点秘密。

苏艺抬头,看到灰木的笑容,洒脱,自我,诚恳中满是自信。

二一零八年的夏天

土木先生由于突出贡献得到了一个特殊的奖励——超前体验。他躺在时空隧道舱中,轻轻闭上眼睛,时间就到了二一零八年的夏天。

二一零八年的土木是蓝城圣玛丽婚纱影楼的老总。他最大的爱好就是摄影。不知道从什么时候开始,以人像摄影艺术著称的土木先生,他的镜头中不再以人为主题,而是选那些越来越珍稀的物事作为他创意的载体。比如香水月季,比如夏腊梅……这些寻常中少见的,甚至只闻其名不知其物的,你只要翻一翻土木先生那摞得厚厚的影集,准能让你恍然明了,哦,原来这个就是这样的!

土木先生最珍贵的收藏,是一组以兔子为主题的图片。有人曾对着那组图片惊叹:天!这么可爱的小动物,是拍摄于什么时候的?土木先生很专业地分析说,从图片的纸质以及拍摄的技术来考证,这是拍摄于一百多年前的。据说那时候兔子是常见动物,还据说曾有一道著名的大宴叫红焖兔肉火锅。说到这里土木先生无限遗憾地摇摇头,摆弄他的相机去了。

那个夏天的清晨,土木先生一如往常来到镜子前准备刮胡子,就在那时他很意外地发现,他原本稀疏的接近无的眼睫毛,此时在镜子里显得又长又浓密,最奇怪的是,他的眼睫毛是白色的。土木先生不相信地眨一下眼睛再细细地看,他可不希望这是真的。但一切让他绝望得不曾有丝毫改变。

土木先生叫来了妻子,让看到他的眼睫毛惊讶不已的妻子赶快给他想想办法,半个小时后,他得赶去参加一个重要会议。

最擅长化妆的妻子急中生智,拿起自己的小眉剪,咔嚓几下剪短了丈夫的眼睫毛,然后拿起一款黑色睫毛液,细细地把丈夫浓密的白睫毛刷成了黑色。土木先生就这样抓起车钥匙匆匆地走出了家门。

后来在蓝城的不同场合,总有人会突然发现,自己的眼睫毛不知什么时候成了白色的。这种事情最常发生的就是土木先生的婚纱影楼。笑靥如花的准新娘,在镜前细细地端详着自己的妆容,那种时候她们往往不放过任何一个细微的漏洞,然而转眼之间,就会有人惊讶地看到自己浓密的白色眼睫毛。

这种发生像乌云一样笼罩着蓝城人美好的生活。人们迫切地需要一个解决问题的途径。

蓝城的医学专家们通过各种紧锣密鼓的研讨,最后得出结论:是因为百年前人类的先辈们食用了大量的兔肉,造成体内残留了过多的兔类基因,导致百年之后人类遗传基因异化,才会出现部分毛发变白的体征。幸好近百年来各种因素促使兔子迅速减少,变成珍稀动物从人类的生活中消失,才没有造成更严重的后果。

从电视中得知这个消息的蓝城人很郁闷也很恐慌。特别是年轻人,兔子在他们的意识里,像大熊猫一样,只在图片上见过。他们可不希望自己的身上表现出兔子的体征——尽管它多么珍稀。

不久后,医学界通过蓝城电视台向市民们宣布了一个好消息:专家们针对这种情况研制出一种药,这种药是由刚刚挤出来的温热的兔子奶,混合代号分别为 Q、E 的两种元素制成。这种药只需每天喝五十毫升,连喝三天,病情就会得到根治。有关部门决定为了人们的眼睫毛不惜一切代价,毕竟,人类是高于一切的。

听到这个消息后,蓝城的森林公园出现了半个世纪来最热闹的场面。人们争先恐后地来看他们寄予希望的,蓝城仅存的六只兔子。人们这才发现,六只兔子中,两只是公的,另外四只是母的,四只母兔的肚子都鼓鼓的,像是为了解他们的白眉之急而特意待产的。

几天后的一个早晨,兔子终于生产了,蓝城的人们排了长长

的队伍,等在森林公园的栅栏外。蓝城最具权威的医学博士 H 先生和森林公园的园长面色凝重地走进了兔子的生活区,他们要做的,是每天用特殊的容器取走母兔的乳汁。人们的面前,有一个石牌上写着:兔子,国家一级保护珍稀动物,由于环境变化,导致母兔一生仅能孕育一次,小兔只有在母乳的哺乳下,才有可能健康成长。

就在 H 博士把手伸向一只母兔的瞬间,一个孩子的声音脆生生地打破了这个早晨的寂静:伯伯,请别动它,我们不要小兔死,老师说要保护我们的动物朋友。H 博士抬头看到一个五六岁的女孩,长而密的白色睫毛下,那双清澈的眼睛盛满了期待。

凝重的空气随着这一声童音开始缓和,排着长队的人们舒了一口气。他们缓缓地解散了队伍,围在栅栏外,四只小兔正欢快地吮吸着母乳。人群中的土木先生举起了他手中的相机。

从二一零八年的那个夏天开始,蓝城的人们有了一个明显的特征,他们都长着长长的、浓密的白色睫毛。

科幻学家土木先生轻轻地睁开眼睛,时间又到了二零一零年的冬天。天很冷,同事们为庆祝他成功的超前体验,提议去搓一顿——红焖兔肉火锅。

另一种错失

一份金枪鱼沙拉,两个加勒比风味烤全翅,一杯冰卡布其诺。点过单后,莜看向三号台,果然他已坐在那里,手里正拿着一份报纸边吃边看。夏天的中午,莜常常会在办公楼下的快餐店打发掉她的中餐时间,不知道什么时候开始,她发现三号台每次都坐着同一个人。今天她才知道,那个人竟然是她要采访的 E 公司本市分公司的经理。

她的采访就开始在他准备站起来走人的时候。

显然,他没有拒绝的意思。采访结束时,他邀她晚上共进晚餐,他很认真地问,可以吗?她看着他的眼睛说,对不起,我今晚必须赶出稿子,明天一早就要上报的。

走出门后,她还在心里想,真不应该拒绝他。但让她再来一次,她还是会拒绝他。这是她一贯的作风,矜持处世。

他们还是常常在快餐店相遇,很自然的,于陌生与熟悉之间的那种相处。

他的电话打来时,她刚走出办公楼的电梯,他说,海景咖啡屋,可以吗?我去接你。她说,好的,你在那里等着,我自己打的过去。

这是她第三次接到他的电话。她在心里想,那么多次的相遇,他们之间早已经过了千百次的回眸,如果可以,她会决定谈一场恋爱,然后把自己嫁出去。三十岁才悟到,人是应该过一种正常的生活,也可以另类,但那其中的烦恼只有自己最清楚。

后来约会的次数多了,他便有意无意地要带她去一些什么地方,她明白他的意思,他是要把他们的关系进行到终极,当然她不会同意的,相处的时间太短,她还没有确切地知道他有多爱她。她的朋友说,不想错过就得付出,好男人可遇而不可求。她低头不语,半天后说,爱是用来爱的,不是用来付出的。

每天至少一个小时的电话中,他最近说得最多的是旅游。每一个有名气的旅游景点他都能说出一个有意思的故事,这让她对那些地方充满了向往。

　　一次他说,我们一起去乌镇好吗?好!她回答。她有过N次去乌镇的打算,这种情愫源于刘若英主演的《似水年华》,她觉得那是个寻梦的地方。他说,那我们明天就去,可以吗?这个季节去乌镇最适合。她突然缄口。她说,明天不行,七月二十五日吧。她只是心里有点慌,她需要十天的时间来做一下铺垫。

　　其实用不了那么久,她很快就想明白了。不是有句话吗,让爱做主。她是爱着的,看样子他也是爱着的。在准备行囊的时候,她特意去买了一件淡粉色的旗袍。他曾经说过,她的身材适合穿旗袍。

　　可是就在她一切准备就绪,只等着出发的时候,姐姐给她打来了电话。姐姐说由于特殊原因,她原定于八月初做的手术提前七天在今天做。今天是二十四日,离她的行程还有一天。在去医院的路上她给他打电话,她说,二十五日我去不了了,姐姐做手术。沉默后他说,那就改日吧。电话挂断的时候,她的心中更生出了渴望见他的念头。

　　姐姐的手术整整让她忙了三个月。最初是在医院陪护,出院回家后还要帮她打理家务照顾孩子。忙碌让她忽略了一切。等姐姐终于痊愈了,她迫不及待地给他发信息说,好了,我终于解放了。

　　可是,却一直没有收到他的回复。打他电话,停机。再打,还是停机。她在心里感慨,不知道是不是应该感谢姐姐那提前七天的手术,这个时代,爱究竟能持续多久?

　　其实,当她给他发信息时,他已远在美国。

　　在他的心目中,他是如此渴望她能成为他的妻子,但他有太多的事情要做,他没有时间和精力来和她打一场爱情持久战。他原本想着从乌镇回来后,就向她求婚。总公司早就决定让他去美国分公司,最迟的期限是七月底。可是这之前,她却一直没有给他求婚的机会,所以他选择了撤退。

你 OUT 了

竹子的陶吧开在微湖边上。陶吧有个很美的名字——听风吧。竹子每天要做的,就是坐在这个四面墙上有八个窗户的屋子里,陪着那些或熟悉或陌生的人以及他们手里的陶泥,度过一个又一个下午时光。

奶奶喜欢坐在第二扇窗前,看着屋外的阳光,偶尔看一眼竹子。

如果非要打个比方,把生活看成是一个色彩斑斓的百花园,那么在竹子的花园里,爱情如同一朵迟迟不开的花。竹子像一个漫不经心的园丁,默默地提着洒水壶从园子的这头走到那头,再从那头走到这头。她细心地浇灌着那些开与不开的花。倾心享受着所有的开放和凋零。似乎,她从来都不曾为爱情忧伤过。

一米会在某个下午坐在竹子的陶吧里,她纤弱的手指狠命地抓着陶泥,那时候她的脸上带着只属于爱情的疲惫。一米的爱情就像追逐季节的花,你方唱罢我登场,随着季节的脚步怒放和凋零。一米的眼神袅袅绕绕地飘过来,声音潮湿:"告诉我,为什么受伤的总是我?"竹子耸着肩坐在一米的面前,双手托着脸颊,把自己笑得很恬淡。一米迷惑地看着竹子,突然像发现新大陆一样

指着竹子说:"没搞错吧,三年了,还没有人能破得了你的茧,你的爱情观出问题了。"

奶奶扭头看看一米,又爱怜地看看笑声颤颤的竹子,轻轻叹一口气。

李达就是在这时候走进来的。

如果用不太苛刻的眼光去看,李达应该属于那种杀伤力比较强的男人。李达拥有他这个年龄的男人应该拥有的一切,也拥有着他这个年龄的男人很想拥有但不一定达到的部分。所以李达式的男人常常被冠之以爱情杀手之名。

李达当然明白自己的杀伤力,并且引起为傲。

所以最初看到竹子时,李达有着手到擒来的自信。怎么不可以呢?姿色中等、家世中等、经历也中等。若非要说竹子有什么让人看一眼就难忘的,那就是安静地坐在陶吧里的竹子,眉宇间有那么一点不食人间烟火,有那么一点书卷气,还有那么一点对周围一切表现出来的淡漠。几个那么一点加在一起,再与周围那些个颜色很重的女子一比较,她就在李达眼里有点儿意思了。

李达满怀信心地对竹子展开了爱情攻势。开始是送花,蓝色妖姬,一天一大束。送到第三天时竹子有点不屑地轻轻说,你真是OUT了。李达看着竹子,OUT了?李达摇摇头,更觉得这女孩子有点儿意思。

接下来李达改变了爱情策略,送花不行,就送礼物。浪漫的,珍奇的……但让李达没有想到的是,他高调地用遍了对待女孩子的各种手段,最终竹子回报他的只是浅浅的笑容,和淡淡的无所谓的沉默。李达有点迷茫也有点受伤。怎么会呢?李达坐在他的奥迪车里,看着湖边挂在旧旧的老墙上的那几个字——听风吧,在心里疑惑。

李达偶尔会坐在"听风吧"里，但他从来没有做成一件陶艺。

李达终于明白，自己玩火自焚了，自焚得不能自拔。

森林公园的采风活动是摄影爱好者自发组织的，去之前李达没有想到竹子也会参加。所以在看到竹子时，李达的惊喜是非常意外的。李达一路默默跟随在竹子的身后，偶尔会把手里采来的一束野花送到竹子面前。竹子每次都是淡淡地一笑，然后远远地走开。这让李达此去的路上铺满了浓重的失落感。但李达的脚步还是不受控制地跟在竹子的身后。

回来的时候李达只对竹子表达了一个要求："让我送你回去好吗？"竹子安安静静地坐在了李达的车上。路上李达说："刘若英的演唱会明天晚上在省城召开，我邀请你一起去看好吗？"李达似乎已料到了竹子的答案，所以还不等她回答，他就说："哦，我只是随便说说。"竹子却在车后座上轻轻地说："真的吗？"李达意外地扭头看一眼竹子，车差一点开到了路边的法国梧桐树上，竹子惊叫一声："小心！"李达忙打方向盘，车风一样滑了出去，滑出好远，才渐渐地稳了。

那晚回家后李达随手从橱柜中拿出一瓶酒，打发掉了自己的前半夜。第二天早起酒醒的时候，昨天像那瓶酒留给他的醉意一样，模糊在他的生活里。

后来竹子做了一件陶艺花瓶，瓶子有着风一样不流于形式的曲线，透着隔世离空的美，竹子最初给它命名为"爱情"，后来想了想，又改成了"风"。

竹子总喜欢把那件叫"风"的陶艺花瓶捧在手里细细地端详着，整个人像中了蛊般痴痴的。

后来，坐在窗前的奶奶趁竹子不注意，藏起了那只花瓶，就像三年前藏起另一只陶艺一样。奶奶叹息着：唉，这孩子，就是看不

开,真是 OUT 了。

奶奶把"OUT"说成了"闹腾"。

吹箫图

她像一个纸人,柔弱单薄,透着心事,不经意间就飘到了他的面前。那时候他三十六岁,她二十六岁。那是他很得意的时候,虽然他曾有过最不得意的那段日子。

那段失意的日子里,他败得一塌糊涂,先是事业离他而去,再是女友带着她的爱情离他而去,他似乎失去了一切。

但他没有失去信心,他一直是个充满自信的人,这让他又找回了一切,让世界又重新为他而精彩。这世界就是这样,一旦精彩了,便精彩得一切都让人应接不暇,在这样的精彩中他便拥有了那么多。但是经历过太多的他,已不再相信某些纯粹的东西。

是在他主办的一次民间艺术展览会上看到她的。她站在一幅剪纸作品前久久地凝望着。那幅剪纸作品,是在一次偶然的出游中,他在一个边远的山村看到的,看到后,他就把它买了回来。那是张女子吹箫图。图中轻雾缭绕,桃花柳叶,万物生长,那吹箫的女子只露出半个侧影,一只黑眼睛上的睫毛翘翘的,似闭似睁,却分明挂着一行清泪。

看她凝望得那么入神,他也跟着她的目光看过去,突然就感觉有一种东西打动了他,但他始终不明白到底是什么打动了他。喜欢,就送给你吧。他在她的身后说。她回过头来,眸子湿湿的。

看着上面不菲的标价,她没有接受他的馈赠,又回头凝望了片刻后,她转身走向门外。

只隔了一天,她就又来了,还是站在那幅剪纸作品前,久久地凝望着。

在后来的整个展览会期间,她多次来到那幅剪纸作品前,而他总会走过去和她聊几句。每次,她的眸子都是湿湿的。她说,那缭绕的轻雾中,一定藏着一个缠绵悱恻的故事。

在他精彩的世界里,注定会有很多精彩的故事伴随着他,他以为,她也是他的故事之一。他带她参加很多很多的剪纸作品展览会,带她品尝他最喜欢的卡布奇诺。在一杯又一杯卡布奇诺的浓香中,她知道了他的过去,了解了他的现在,当他毫不掩饰地表现出对她的好感时,她敛着眼神默默无言,一朵红晕却飞上她的脸颊。他的面前,她始终是一朵娇羞而矜持的莲。

那次他出差整整二十天,二十天里他只会在偶尔的时候收到她问候的信息,而他却总是忙里闲里想起她温柔的笑,想起她在他面前敛着的眼神。回来后他发现自己想见的第一个人竟然是她。他久久地把她拥进怀里,当抬起头时脸上竟然泪痕斑斑。他轻抚一下她的长发,戏称她是小女生。在他的眼里,她注定只是他的卡布奇诺。是的,女人就像秋日早晨的一缕雾,绕过你的身边,还会再绕过别人的身边。更何况,他们之间相隔着十多年的光阴。

他还是一杯杯地品尝着自己的卡布奇诺,但这些日子晚上他很少外出了。他自己待在空旷寂静的家里,他想象着从走廊的另一头走来一个女人,那么这个空旷的地方就更像一个家了。他想起她在他面前敛着的羞涩的眼神,想起她用很低很低的只有他能听到的声音说,我真想永远守着你。

于是,他拿起电话给她拨了过去。不知道怎么,他突然就想起自己最失意的那些日子,想起他失去一切的时候。他对着电话说,如果我失去了一切,事业,青春,都没有了,这样的我你还愿意守候吗?他听到自己的声音像来自寒冷的冬季一样,冰冷、苍白无力,又无比悲切。

电话的另一端沉默着,沉默的时间很久,久到他意识到自己的幼稚和无聊,久到他没有耐心再去听来自她的任何回应。

挂断电话后,他随便打了一个电话,把自己和另一个叫信子的女人相约在他随口说出的一个酒吧,然后他关了手机遁入了从前的日子,那晚他把自己灌醉了。

在他深夜被那个叫信子的女人搀扶着走到家门前时,他看到她正坐在门前的台阶上。她手里捧着一束太阳菊,膝上放着那幅展开的女子吹箫图。看到他们时,她一下子站了起来,那幅女子吹箫图轻轻地飘落在他的脚下。我,我以为,像你说的那样,我以为你一定很难过的,我……话没有说完,她就从他的身边跑了过去。手里的太阳菊掉在地上散了一片……

他的心随着一个清脆的声音碎了一地。

这种碎裂的声音把他从酒精的麻痹中惊醒,黑暗中,他小心翼翼地捡起了那张女子吹箫图。

后来,他常常带着那张女子吹箫图去参加各种民间艺术展览会,然而让人感到奇怪的是,无论有人出多少钱来买这张图,他从来都不出售。

时间久了,他就有了一个外号,拿着吹箫图的人。

等你半个冬天

我和小米在一起的日子里,小米最大的心愿就是:带我去乌镇吧,明天就走。可是我们一直没有走。没有走的原因太多,但我必须承认主要责任在我。

二〇〇九年的秋天对于我来说是个非同寻常的季节。我的公司发展得极快,我的坐骑换成了奥迪 R8,就连困扰我多年的鼻炎也在那个秋天不治而愈……这一切让我的生活如沐春风。但我在那个秋天最大的收获却是生活中有了小米。

之前大 K 给我打电话说,你今天有艳福,我们委托你去接两个美女。一听到美女我笑了,好,有这事儿都派给我,越多越好。

车在接近傍晚时到了坝上人家。聚会搞得比较有意思,喝酒、篝火、饮茶。大 K 委托我接来的两个画家美女和大 K 带来的三支法国拉菲红酒在那晚的月色中让我们所有的人心醉神迷。大 K 像一只发情的公猫,一连吟出八首情诗,但最终他似乎也没有明确那些情诗究竟是吟给哪位美女的。我就是在那样的状态下注意到小米的。小米坐在两个画家美女的旁边,手里捧着一杯茶,朦胧的月色让她的眼神很迷离,很落寞,很久远,仿佛她不属于我们这一群人,她在另一个世界里。那种似在红尘外的情态让我心动了。我为身旁的画家美女加了茶水,然后把茶壶送到小米面前,我看到小米在伸出捧着茶杯的手时迅速扫了我一眼,那眼神中跳动着突然遭遇搅扰的惊慌。

几天后我拨通了小米的电话。电话中小米根本不知道我是谁。自我介绍了半天,然后我以有重要事情为由,把小米约在她家小区的大门前,把一大束百合放在她的手中,在小米不知所措的情况下,我又以有重要事情为由,开着我的奥迪 R8 离开了她的视线。此后我每天都送小米一束百合。直到有一天,小米坐在我的车里轻轻笑着说,你若再送,我妈就把我连同百合一起清理出门了,因为那些百合摆满了我家的整个阳台,严重侵扰了她的生活。过后小米曾歪着头问我,你是怎么知道我最喜欢百合花的?我看着小米微笑,是真心想做的事情,就没有做不到的。小米柔柔地把自己投入我的怀中。

秋天快结束的时候,有一天小米告诉我她想去乌镇。我拥着她柔软的双肩说,过几天我就带你去,我们先去杭州,租辆自行车游西湖,然后去绍兴的沈园,再然后我们就去乌镇,任你住多久。我看到小米脸上闪动着幸福的光芒。

可是说过后我竟然忘记了。

冬天的第一场雪降临的时候,小米又一次告诉我她想去乌镇。我为小米戴上我送给她的生日礼物——玉玲珑翡翠手镯,然后握着她纤细无骨的小手说,这些日子我有点儿忙,过几天我就带你去。小米点点头依在我的怀里。

三天后大 K 给我打了个电话,大 K 说,我们去黑龙江打马鹿吧。我愣了一下很快明白过来,大 K 说的打马鹿就是狩猎游,是以射猎动物为主,兼观光游憩、休闲度假于一体的特种旅游项目。我说好啊,你小子还挺会享受的。半个月后,冻得像冰雕一样的我们终于回到了温暖的家中。那时候我才想起我和小米的乌镇之约。

后来我又和大 K 他们去了一次三亚,我们还计划着去云南,那些日子我的生活很忙碌,直到新年来临的时候,我和小米都没有踏上去乌镇的行程。小米在我的面前总是那么安静,我就一直以为她很幸福很快乐。因为我知道她爱我。

那天我接到小米的电话,我要去乌镇。我说好,我们先去杭州,租辆自行车游西湖,然后……小米打断了我,轻轻地说,不用了,我马上就要上飞机了,我记得你说过,只要是真心想做的事情,就没有做不到的。可是我却等了你半年。为什么要骗我?

我没有骗你。可是电话断了,我知道她不会相信的。最主要的是,我自己也不相信。

爱情的淡蓝色

青湖看一眼手机屏幕,时间是二十三点二十五分。她已经在这个叫着"爱情的淡蓝色"的咖啡屋坐了整整一个小时了。

随着时间慢慢地流失,有种疼痛的感觉在她的心里越来越清晰,就像有个小镊子在一下一下地从她的心里抽出些什么,但她没有办法来阻止,只能任凭那种感觉持续、加深,无限蔓延。她把目光投向正前方,他就坐在第三扇窗前,他们之间隔着两个卡座,她可以清楚地看到他,但他却不容易看到她,她选择的,是他身后的一个角落。

她喝了一口咖啡,苦苦的,服务生说这是他们这里最苦的咖啡,她就点了它,曼特宁咖啡。她再喝一口,苦苦的夹杂着酸味,似乎有一丝丝甜。放下杯子,她的目光又一次投向他。他正低头

看着《如果在冬夜，一个旅人》。他给她的信息中就是这样说的，他说，在路易广场上有个咖啡屋叫"爱情的淡蓝色"，今晚他会在那里待两个小时，安静地品一杯咖啡的同时，慢慢地读这本书。这是他一直喜欢的生活习惯。

曼特宁咖啡从来都不属于她的生活，但是今晚后，她会记住这个名字，会记住属于它的味道。

手机亮了一下，是妹妹的信息："你怎么还不回来？还有一个小时火车就开了。"

"别担心，我能赶上火车的。"她回复，心里再一次有了那种小镊子一下一下硬生生抽出些什么的感觉。

有那么一会儿，她很想走过去，去和他说一句什么。说一句什么呢？她看到了手机旁边的那封信，信封是白色的，信封上的字写得很潇洒：青水县中学高三班苏青湖收。七年了，信封依然整洁如初。可是，他记得吗？他会记得曾经寄出过这样一封信吗？信中他说让她不要放弃梦想，他以一位编辑老师的身份肯定了她的文学天赋，他说只要不放弃就一定会成功。他怎么会知道，之前她寄给那家杂志，最终落入他手中的那首诗，就像海子的《面朝大海，春暖花开》，寄出去的时候，她本是决心放弃一切的，甚至这个世界。

是他的这封信重新点燃了她生活的希望，让她从放弃中退了回来。

在那个春暖花开的季节，她来到了他所在的城市。她努力地做好在人才市场找到的每一份工作，酒店服务生，幼儿保姆，小学生陪读，甚至工厂女工。同时她还在写诗。把她所有的诗都寄给他。但是她再也收不到他的回信了。因为，她寄给他的信从来没有寄信人地址。她的工作总是换来换去。

她终于看到他,是在一次诗歌讲座时。那时候她在一个婚纱摄影城当礼服师。她是从一位试穿礼服的新娘口中得知,将有那么一个讲座,那个讲座由他担任主讲,而且讲座开始的时间就在半个小时后。那天她如愿以偿地参加了讲座,却丢了那份礼服师的工作。但她并没有觉得不幸,反而觉得很高兴,因为那次她终于认识了他,还得到了他的手机号。虽然这一切都是单方面的,因为面对台下众多的听讲者,他并不认识她。

　　第一次给他发信息的时候,她本是有好多话要说的,那些话从收到他的信时就开始在她的心中储存了。但她却写了又删,删了又写,最后只给他发去了她刚刚写的一首诗。他的信息很快回过来:诗写得不错,继续努力。

　　她不知道从什么时候开始,他们在信息的字里行间,彼此诉说和倾听,似乎谁也不愿意离开这样一种让心平静温暖的方式。爱情就是这样开始的吗？在他和她之间,在一个世界与另一个世界之间。他们织着一个最美的梦。

　　可是她始终没有勇气走进他的世界。他认识她,仅仅是从手机短信里。他在短信中说,青湖,我要见你。她沉默,太珍惜,所以她不敢轻易地去赌。

　　又是一个春暖花开的季节。当她还在犹豫着要不要见他时,她却看到了站在门前的妹妹。妹妹是从家乡小城坐了十二个小时的火车过来的。妹妹说宜的双腿都要截肢了,但宜死活不肯,他绝食,一心求死。半天后,妹妹低着头说,这么多年来他一直念叨的就是你,也许,只有你能给他希望,让他有勇气面对现实。

　　明天她就要和妹妹离开这座城市了,回她们家乡的小城。她长长地叹了一口气,终于下定了决心,心底里便有种破釜沉舟的轻松感。

她又一次看一眼手机屏幕,时间马上就到零点了,她站起身来,轻轻地走过去,走过他的身边,走出门外。

她回头,又一次看到那几个字:爱情的淡蓝色。

百合心

咖啡屋的小窗前,苏沫是不经意间看到她的,确切地说,是看到她胸前的那块玉佩——质地细腻,白如凝脂,那是一块上好的羊脂玉,椭圆形,如鸡蛋般大小的玉佩中心雕琢了一枝百合,给人刚中见柔的美感。

"细看下,这里还有一个柿子,寓意百事如意。"百事如意,苏沫清楚地记得这个词。

苏沫闭了一下眼睛,再次细细打量那块玉,对,百合旁边那温润的突起便是柿子,只是苏沫从来不曾注意过,让她倾心的,是那枝百合,让她不舍的,是那四个字:百事如意。过去的这一年,苏沫的生活一直不怎么如意,事业陷入瓶颈期,整日挣扎得暗无天日,唯一让她欣慰的是陆,无论她怎样的不如意,陆总是她的避风港。

"你好,我叫小晞。"

苏沫费了一番思量,才让那戴玉的女子说出了自己的名字,并且使她不像防范陌生人一样防范她,接受她坐在对面。

"你喜欢这块玉?"小晞注意到了苏沫的眼神,身子微微向前,一只手擎起那块玉佩往前送了送。

"是,很喜欢!"苏沫努力地笑了一下。

玉是母亲的,要给苏沫做陪嫁,看陆实在喜欢,苏沫毫不犹豫地取下来,戴在了陆的脖子上:"陆,这是我的百合心,你戴上。"陆的生意天南海北,不免要常常出差,所以苏沫更希望把那个护佑戴在陆的身上,百事如意,陆如意了,她还有什么不如意的。

那天陆出差回来,苏沫没有看到玉,"百合心呢?"苏沫惊问,心里还存希望,苏沫等着陆变戏法似的把玉给她拿出来。陆总是这样,每每把苏沫戏得一惊一乍。可是那天陆却比苏沫还要惊慌,他伸手摸向脖子,抹了一把,空的,"是啊,怎么不见了?我一点印象都没有,你确定我戴走了?"

"当然,我给你戴上的。"她希望他百事如意。

"可是,我真的一点印象都没有。"说完,陆开始翻箱倒柜地寻找,这时候,苏沫的心才沉了下去。

"好了,别找了,家里不会有的。"苏沫有点心烦,而更多的却是心疼,但她没有责怪陆。

陆:"我会买更好的送给你。"

苏沫心里却在说:没什么能代替得了的!

小晞也笑了一下,有些害羞地说:"我男朋友送给我的,其实这块玉他自己戴着,见我喜欢,便送给了我。"

苏沫一怔,睫毛扫下来,挡住了眼眸里的光,还试图挡住眼睛里的悲伤,胸口有什么东西在往上顶,堵得她呼吸困难,她在嗓子里哽咽了一下,一滴泪从眼中滴落,她忙用手去捋额边的头发,在手与头发的遮挡下,她闭了一下眼睛,逼回了更多的泪水,深深地吸了一口气,然后,苏沫抬起头对小晞笑了笑。

"玉佩真的很漂亮,是我……"是我的百合心,"是我见到的最好的,你一定要好好珍惜……"珍惜他……苏沫很不舍地又看

了一眼玉佩,低下头,眼睛直直地看着桌子上的咖啡杯,也许,她应该离开了。

"谢谢!"小晞眼里闪亮的阳光突然暗了,她仿佛在刻意提醒,"你以前,见过这块玉吗?"

"呃,没……"苏沫挣扎着,手已经伸向放在旁边的包,她准备随时离开。

小晞眼里的阳光完全隐去。

小晞是费了一番思量才让苏沫看到她的,她要让苏沫看到她送给陆的玉佩戴在了小晞的脖子上。小晞也知道,这样做有点不择手段,小晞并不是非陆不嫁,但,是陆先对不起她的,陆背着苏沫一次次来找她,对她誓言旦旦,这让小晞心里很不是滋味,小晞不能任由陆这么欺骗她,小晞只有去找苏沫。

小晞就想看看陆要如何来收场。但让小晞没有想到的是,苏沫什么也不说,眼里只一再割舍着不舍,她的痛让小晞感到揪心。

"苏沫,你认识陆吗?"

苏沫看着小晞,她不想说她认识陆,从今往后,她就会让自己不认识他。苏沫拿起包站了起来。

"我是A城大酒店客房主管,陆先生住酒店时把这块玉遗落在房间,因为觉得贵重,我只好亲自把它送回来,可是至今没有找到他。"

"真的吗?"苏沫的眼中登时满是失而复得的惊喜。

"真的!"小晞却在心里缓缓地舒了一口气,因为苏沫,她决定放弃对陆的惩罚。

纱　外

很长一段时间里,我的生活状况就是这样的:一帘洁白的轻纱,隔开了我和外面的世界。一切都显得那么美。当然,还有美丽的——。

此时,我背对着窗看着——。她穿着带有蕾丝花边的白色长裙,神采飞扬地站在镜子前,用一把透明的牛角梳子一下一下地梳着她的长发,她的头发跟着梳子的起落,飞起,落下,再飞起……这是——每次出门前的最后一个动作。我想起——昨晚回来时,用她暖暖的指尖轻触我的头说,亲爱的,我没有办法离开阿吉,如果让我在整个世界和他之间做一个选择,我宁愿选择他。

"砰"的一声,我知道——已经出去了。

我转过身子透过洁白的纱向外凝望,天是清透的蓝,街上行走的女子像聊斋中的狐仙一样美。楼前那个巨大的胡萝卜型花瓶的颜色不再诡异得让人想皱眉,尽管我清楚地记得,那上面布满了被风干的痰渍,有时候会探出一只多腿虫子的头,狰狞得能让人的感知在瞬间短路,然而此时,不是吗？它真的柔和得让人想要靠近再靠近。里面那些不知道名字的花如一朵朵不同颜色的火焰在跳舞,旁边一个穿粉色裙子的小女孩儿张开双臂走路时,像希腊神话中的天使在飞,我此时看不清楚她的脸,但我真的不能忘记那张脸,一张粉嘟嘟的脸上,眼眶里是空的。她的母亲从深圳回来后开了那个面包房,据说生下她四个月后,医生遗憾

地摇着头说，由于孕期母体感染，孩子的双眼黑眼球已经溃烂，且无法再移植。没有人知道她的父亲是谁。

我扭动一下腰肢，那里有隐隐的疼痛。肉体实在太脆弱了。都想不起是多久以前受的伤了，那时候我天天和小小在楼前那个巨大的胡萝卜形花瓶附近游玩，你知道的，一切都很精彩。那时候小小像现在的——那样，天天都想出门。我便只能天天陪着她，我怕她迷路，怕她受到伤害。可是怕有用吗？一块石头，一块飞起的小石头改变了一切。从那块石头制造的黑暗中醒来后，我只看到了——的脸，——说，我已经帮你处理过伤口，你很快就会好的。我感激地看一眼——，然后环视周围，我没有看到小小，小小不见了。

窗前渐渐凉下去的时候，——又坐在了我的面前。她的脸色绯红，早上还长长的直发现在被染成栗色，做成了大的波浪卷，散发着一种不属于头发的光泽，这一切让她看起来更美。她俯下身来用指尖轻触我的头时，动作那么柔美。她正陶醉着。

在没有事情做的时候，我就常常扭动腰和身上所有能动一动的地方，据说那样能通经活络，让伤快点儿好起来。我必须快点好起来。我要去找小小。

我的康复锻炼收到了神奇的效果，眼看着伤就要痊愈了，这真是一件令人愉快的事情。愉快的时候睡眠总是香甜的，当我正在甜蜜的梦中飞时，被——轻轻的啜泣声弄醒了。黑暗中，我看到她头发凌乱，脸上泪痕斑斑，黑色的长裙裹着她瘦小的颤巍巍的身子，他们为什么不让我出去？我看着——，我真的好想告诉她，他们是对的，你的父母这是在保护你，你知道你逃学跟着阿吉一起去酒吧的那个晚上，你的母亲整整哭了三个小时吗？我还想告诉——，原本你的父母只想暗中保护你慢慢让你明白过来，什么是对什么是错,可是今天来不及了,阿吉带着一伙人,还要带上你,就在今晚,他们要去做一件大事情——一件足以枪毙他们的事情,而他们的行动早被公安部门监控。当然不能否认,阿吉是爱你的,但在某些情况下,你这个公安局长的女儿,是他手中最好的棋子。

可是,我看着——只是叹一口气,什么也没有说。

——流了一整夜的泪。我不夸张不矫情不甜言蜜语地说句心里话,我爱她,就像爱我的生命——我认定我的第二次生命就是她给的。但此时我有更重要的事情要做,我得赶快锻炼身体让我的伤好起来。我要去找小小。

一个月后——不再流泪了。她大多数时间都坐在窗前照料我。她小心翼翼地关好窗,让我好好待在家里,她说外面很危险。但是我再也待不下去了。我的伤完全好了,我每天想着的就是找个机会飞出去,去找小小。

那是一个有雾的早晨,——像往常那样给我拿来早餐,然后拉开洁白的轻纱打开窗看着窗外。就在这时,我抖了一下翅膀飞了出去,在——惊愕的目光中箭一样离开了。我要去找小小,如果要我在整个世界和她之间做一个选择,我宁愿选择她。

没错,我就是那只燕子,三个月前被——从街上救了回来,而小小,是另一只燕子。

可是我再也没有见到小小。

就在飞离——的窗口不到十分钟时,像三个月前一样,我又一次被一块小石头击中,落下去的时候,我似乎看到一个带着笑容的狰狞的面孔。可是我顾不了那么多了。

我的眼前此时出现了一帘洁白的轻纱,一切都显得那么美。

等待忘记

　　柔和的光线从墙壁上精致的壁灯里流泻出来,空气中回旋着一首老歌,轻轻地诉说着20世纪的经典爱情故事。我总是在心神无法宁静的时候,来这里听听这些老歌。它能让我安静地回忆,却无法让我的等待有一个满意的答案。这时候,我看到她推开那个木头把手的玻璃门,把对面花坛中花草的清香带进咖啡淡淡的苦涩中。

　　她还坐在那个位置,我的左侧。一杯冰水,一杯蓝山。然后把手机放在右手的位置,侧头看着窗外,许久后,拿出一本书翻开。她每次都是这样的,只是书在不停地变换着。这一次,她拿着张爱玲的《小团圆》,这本书我刚刚读完。当我盯着她手中的书时,我发现她的目光投向了我这边,我对她笑笑,我和人打招呼时总是习惯以微笑来代替别的任何动作。我看到她报我以同样的微笑。不知道是不是因为一个同样显得孤单的身影,这个下午我在咖啡屋停留的时间比以往多了一倍。

　　我相信她有故事。我是个喜欢写小说的人,天生对故事和幻想充满着好奇心。

　　果然她有故事。而且像我所幻想的一样,在我们第七次同时来到这个咖啡屋后,我们坐在了同一个雅座间。这时候我近距离地读着她的眼睛,我从那里读出了淡淡的忧伤,我叹一口气,对眼前的女子生出无限爱惜来。

不等我开口,她便开始了她的诉说。她说,你知道我在干什么吗?不是在喝咖啡吗?我是这样想的,但没有说出口。她说,是的,我在喝咖啡,但我主要是在等。我一直在等。我和他就是在这里认识的。那时候我刚刚喜欢上咖啡,对咖啡的品尝总是不得要领。我每次来时他都在,都坐在我一直坐的那个位置上。而我就坐在你坐着的位置上。我每次来都会换一种咖啡,因为我还没有找到一种自己真正喜欢的味道,也就是说,我那时候喝咖啡喝出的都是苦涩。直到有一次,他也像我今天一样,从自己的位置上离开,来到了我的面前。他过来时手里端着一杯冰水,一杯蓝山。他说,喝咖啡之前,最好先喝一口冰水,冰水能使咖啡的味道鲜明地浮现出来,让唇齿间每一颗味蕾都充分感受到咖啡的美味。我的心怦怦地跳着,那时候我就发现,其实我早就希望他能过来。我希望他和我说话,甚至我还觉得我总是来这个咖啡屋,就是为了一次次和他的邂逅。

阳光慢慢地绕过面前的落地窗时,她的诉说还在继续着。她说,是的,毫无疑问我们是相爱的。我们小心翼翼地在这个咖啡屋进行着我们的爱情。我们听着老歌,默默地对望着。他说,总有一天,他会带我去江南,去聆听真正的丝竹之声。我没有点头,也没有摇头,因为在刻骨铭心的爱与现实之间,我还没有想清楚应该选择那一边。当然,你应该能猜到,他是个有家的男人,就因为这一点,我们的爱情才不曾走出这个咖啡屋,但这一切却并不能阻止我们的爱。那时候我们每天都在等,等他能带我去江南,等我在爱情与现实之间找到一个心甘情愿的选择。

说到这里,她低头伏在咖啡桌上。我从她颤抖的黑发中看到她无法抑制的疼痛。那时候夕阳已经隐尽,窗外的花坛隐藏在无边的暗影中。我端起咖啡慢慢地放在唇间,我不知道应该向她说些什么,这短暂的沉默让我尴尬。她又开始了诉说。她说,我本以为我总能等到一个心甘情愿的答案,可是我没有想到,他竟然,竟然没有给我这个机会。在那个春天即将来临的时候,他突然消失了,春天即将结束的时候,我才知道他因为一场车祸早已离去。

我看着她的眼睛,那里的痛楚让我为之疼痛。我说,那你,那你还在等待什么?她说,我在等待忘记他。我本有选择的机会,可是我没有选择,现在,我只能等待忘记他。

我紧紧地闭了一下眼睛,我不敢看她的脸。在今晚的咖啡屋,在这个诉说着的女人面前,我想,明天我是否应该去买一张火车票,一张走向远方走向他的火车票。

尤丽不是个好女人

尤丽不是个好女人,离她远点。

这是我来到这个办公室的第三天下午,当尤丽香气袭人,风摆杨柳般从我身边走过时,叶小青乜斜一眼她的背影悄悄地跟我说的。

叶小青坐我对面,瘦,黑,脸上有若隐若现的雀斑,谈不上漂亮不漂亮,是那种从任何一个角度看都很低调很不起眼的女人。听了那句话我不解地看着叶小青,叶小青又瞥了一眼尤丽的背影说,你看她那一身媚样,慢慢你就知道了。随着叶小青的目光看过去,尤丽一袭白色长裙,裙边上缀着几朵手工布艺花,裙子是桑蚕丝的,轻轻柔柔,让她整个人看起来袅袅婷婷的,要不是叶小青说尤丽不是个好女人,我一定会认为她很美的。就是叶小青说了那句话,我依然认为尤丽很美。

尤丽真的很美。这一点完全可以从办公室男同胞亮闪闪的目光中得到被印证。真的,就连整天黑着脸的李总,在不经意间扫到她的倩影时,目光也会变得明亮起来。尤丽的气场的确非同凡响。然而,叶小青的话让我在看尤丽时不由自主地戴上了有色眼镜,还有一个让我对尤丽印象不太好的原因就是她的冷,尤丽见人一般不打招呼,最多微笑着优雅地点下头,不像叶小青,见谁都会礼貌地问好,她的问好低调热情而有涵养,让人感觉很舒服。

后来的日子里,我再没有听到叶小青说过有关尤丽的任何事情,但我终于明白了叶小青曾经说过的那句话是因何而起的,明白了其中内幕,"尤丽不是个好女人"这句话从叶小青的嘴里说出来便显得顺理成章了。

内幕是另一位同事小安不经意间的一句话泄露出来的,小安说,叶小青和尤丽争?尤丽会和叶小青争?这太不靠谱了吧!

这样看来,公司要在两位业务骨干中选一位去北京总公司培训,培训完了直接升任业务部副经理这件事是真的,而且被选中的两位骨干中一位是叶小青,而另一位,毫无疑问就是尤丽了。

我悄悄地看了眼叶小青,她正在专心致志地做着一份策划,有种把一切置身事外的低调和坦然。不禁感叹,不禁为叶小青鸣起不平来——让这样的两个人来竞争,这不明摆着的结果吗?胜者除了尤丽还能是谁?

那一刻起,我的心里对叶小青更多了一份敬意,而对尤丽,却更远了一分。真的,怎么看都觉得她绝对不会像叶小青那样光明正大地凭借自己的实力上位。

漂亮的,又"不是好女人"的女人总是有更多的机会。这句

话让许多人很无奈。

　　元旦前夕，考核的结果终于出来了，然而结果却让人大呼意外，被选中的那个人居然是叶小青。我知道那一刻我的脸上挂着微笑——看来这世界还没有到无可救药的地步，有些时候公平还是存在的。

　　元旦前的总结会议上，北京总公司来了一位重要的人物，叶小青被我们的李总重点介绍给那位举足轻重的人物，然而对方却对叶小青冷漠地瞥了一眼后，就径直走向了尤丽。

　　这好色也太明显了吧？

　　我非常鄙夷地看着那位重要人物和站在他面前的尤丽腹诽着，恶作剧地想象着能不能让发生点什么意外让他们这对可恶的男女出出丑。

　　然而想象仅仅只是想象，没有办法帮助我来打抱不平。

　　我非常讶异地看着那个重要的人物伸出手对尤丽做了一个请的手势，经过李总身边时他顺带把李总也叫了出去。

　　……

　　后来，听楼道里打扫卫生的王姐说："唉，李总不会再回来了，你们都没有看到，当时他那脸都绿了。"

　　"为什么？"众同事异口同声。

　　王姐瞄了一眼四周，悄悄地说："他被开除了，因为他和叶小青的丑事上面都知道了。"

　　"那……"

　　"那什么那？快去工作吧，可别学叶小青啊，表面一套背后一套的，为了和一个不存在的假想敌争个职位把自己都给卖了，尤丽压根就没和她争，人家是总公司高薪从国外聘请的高管，上任前主动要求到各基层来'看看'的。"

突然听到身后有人说:"高管?微服私访?我们怎么从来都没有想到这一点?太悬疑了!"

那一刻我们全懵了。

喝咖啡的女人

没有人注意到,她是何时坐在那里的。那时候窗外正簌簌地落着秋雨,似乎在诉说着秋天的心事。

她安静地坐在那扇窗前。她的面前摆着一杯咖啡,还有一枝菊花,菊花黄灿灿的,像刚从秋天的阳光中走进来一样。喝咖啡的人,总是能轻易在这里打发掉一个下午的时间,但她没有,她在心里告诉过自己,最多半个小时,再多也不能超过四十分钟。

从咖啡屋出来,她径直走进了一个中药店,一股浓浓的苦涩扑面而来。她每个周末都要来这里取走一周的药。

自从生病后,他的脾气越来越坏了,时不时地就要爆发一次,开始的时候看到他那样发脾气,那样扭曲着自己的表情,她总是心惊胆战的,吓得脸色煞白。是啊,那曾经是一张多么阳光的面孔,看着让人心生希望的那样一张脸,突然之间就这样了。但慢慢地,她就习惯了,习惯后的她还是不知道如何让他平静些,让他的心情舒畅些。

这让她常常埋怨自己笨。那时候他们多开心。

那时候他们刚刚开始恋爱,因为她的美丽,她的爱情变得更加的色彩斑斓。于千万的色彩斑斓中,她选择了他的同时,把一

份很甜蜜也很艰巨的任务交给了他,那就意味着,今后她的生活中,他将扮演一个很重要的角色:承载她的美丽及她美丽的爱情的同时,要承担起让她幸福让她笑的责任。

在确认自己在她面前的身份有了质的变化后,高大英俊的他把自己在她的面前挺拔成一株北方的白杨。他拍拍胸脯说,放心吧,一切都包在我身上,保证让你一笑笑到白发苍苍。

可是谁能想到这样一场突如其来的意外,把她美丽的爱情在即将开花的时候,搁浅在这样一个沙滩上。

谁都知道,他已是那个没有丝毫希望的病人,谁都觉得她应该离开他,包括他和她自己,但是,怎能离开,一日日,她守在他的身边。

面对他,她由开始时流泪,手足无措,到渐渐地谢绝亲人们的帮助,把他的生活以及他的不幸都接了过来。而他,似乎从早晨一下子就迈进了黄昏。原本高大的身材,只能孱弱地日日依托着轮椅,他的目光中时时透出的绝望和悲哀企图击碎她心中所有的亮点。

时间就是一条蜿蜒向远方的路,他让她遥望到了荒凉,但她潜意识中却总是在回忆某些美丽的片段。

在深夜他睡熟后,她才悄悄地在黑暗中来到另一个房间打开电脑,来完成她的工作。作为一名记者她始终做得很出色,她的采访独到,文字犀利透彻,这样的她总是有很多机会能走得更远,但她却选择把更多的时间留在他的身边。她选择这样也愿意这样做,可是黄昏时渐渐来临的黑暗,还有暮秋里枯黄在窗前的风景,把那种荒凉放大了投影在她的视线里,总是能让她心生悲凉。在那时候,她总是要去那个咖啡屋坐一会儿。

她选择这个咖啡,这个找不到任何记忆的地方,把自己完全

地交给自己,只交给现在。她来时告诉服务员,要一杯摩卡。这种咖啡的味道是她最喜欢的,它从下到上每层依次是:摩卡酱浓缩咖啡热牛奶鲜奶油,她轻轻地端起杯子,让这种混合的液体浸润她的味觉,最后让一种香甜久久地弥漫在她的感觉里。她带着这种感觉走进她必须走进的下一个生活片段中。

医生在毫无办法的情况下,建议他每天服用中药来增强体质,每天的清晨和黄昏,她就放几曲轻音乐,让他坐在舒缓的音乐中,而她在他的面前轻轻地走来走去,按照医生的要求为他准备饮食,为他煎药。周末的时候陪他出门坐在他愿意待一会儿的地方,出门时的他总是要让自己尽量显得精神些,而且固执地不要轮椅,她都要开心地让他满意。

这样的生活持续了两年。如今的他,已从最初的易爆易怒中渐渐归于平静,现在的他把时间交给命运的同时,交给了他曾经最喜欢的写作。

又是一个周末,他午睡后坐在电脑前有节奏地敲着键盘,她看到他的脸色柔和轻松,她轻轻地推开门走了出去。

昨天给他检查身体时医生告诉她,他的病情已发展到了最后的阶段,属于他的时间也许有半年,也许只有三个星期,但他的情绪很好,对于他这样的病人,这就是成功的。

她深深地吸一口气,走向了那个咖啡屋。她高挑的身材,着一袭白色风衣,高跟鞋敲击着都市最时尚的节奏,这条路她已走了无数次,还会一直走下去。

画

我是跟着一个旅游团走进这深山中的小村子的。进了深山，我就离开了旅游团。他们是要成群结队地去欣赏风景，而我，只想找一处宁静的所在。我成了于妈妈临时的房客。

我看到的于妈妈，每天都坐在门前的阳光里，她的手里不停地飞针走线。看到我，总是眯着眼睛笑一下，问一声，出去吗？不管我是否回答，她的头又低了下去，手里的一切进行得一丝不苟。

一次从外面回来，夕阳洒在门前，于妈妈花白的头发便呈现出彩虹的颜色。她认真的样子在那一刻让我感动。我站在她的身后，看着她正在一面大红色的布上绣着一个黄色的五星，其余四个角都绣好了，她正给最后一个角收尾。一缕小小的线头像一个调皮的孩子，怎么都翘在星星的尖端，像梳上去又垂下来的羊角辫。于妈妈细心地又是用针又是用剪刀，最后，看了又看，总算是满意了。我这才看清楚，她绣着的，应该是一面国旗吧。

果然，于妈妈说，这是一面国旗，是给村子里的学校绣的。她说他们村学校的国旗一直是她绣的。

我站在她家院子里高高的平台上，向四处张望。那些房子像一把棋子一样，被随意地撒在一个山坡上，就成了他们的村子。我没有看到一处貌似学校的建筑物。但这不是我要关心的，我要做的，就是安静地调整心情，捡拾这沿路淳朴的风景，让美丽重现于我的笔端，重现于我手中的画布上。我是一个没什么灵气，却醉心于作画的画家,好多年来,我小心地守候着心中那条细细的,被称之为艺术的涓流,描绘出一幅幅连我自己都不知道主题的颜色,我一张张把它们摆在我的眼前,那时候,我的心里是宁静欣慰的。可是就在最近,我突然找不到那条涓流了。我丢失了那条叫艺术的涓流,就像遗失了自己一样让我惶恐不安。

　　夕阳很快隐去了,我抬步走向房间。背后听到于妈妈说,姑娘,明天,能不能早点儿起来,去看看我们的升旗仪式,这是我们村子里最隆重的事情了。她的声音里似乎充满了期待。走在石头台阶上,我回头,于妈妈正细心地把那面红旗折叠好,捧在胸前。我看到她脸上的笑容,想起每当我画好一幅画的时候,应该也有这样的笑容吧。

　　第二天,我醒在一片音乐声中。我很快地走出去,我看到,就在不远处的一个平台上,一扇门前竖着一根长长的竹竿,竹竿上不知道怎么挂上去的两根绳子,绳子的一端系着那面红旗,另一端握在一个女孩儿的手中。女孩儿的上身穿着白色的带有一条深蓝色横道的校服,下身穿一条深蓝色的裙子,目光庄严地平视前方。她的身后,还有六个和她一样装束,年龄却有着明显差别的女孩子。女孩子的身后,站着一个黑黑的,个子不高的二十来岁的女子。看到我走来,于妈妈轻轻地说,就等你来了升旗呢。

　　旗在晨光中冉冉升起。我这才看到,她们身后的一间小屋子里,整齐地摆着一排桌椅,一面墙壁上立着一个小小的黑板,黑板上用粉笔画了四个玫瑰红色的灯笼,上面写着:庆祝国庆。

　　我想,那时候我的眼里一定写满了疑问。我听到于妈妈说,这是我们村里的学校。又指一下那个黑黑的女子说,她是老师,村子里不能出去上学的孩子们,都在这里念书。

　　那一刻,看到这一切,我突然被周围的阳光触动了。我说,等

一下,等一下。我飞快地跑回去,拿起画笔和画布,又飞快地跑回来。

那个阳光明媚的上午,在深山中一个不知名的小村子里,我描绘了我生命中第一幅有着明确主题的画,画的下方我题上:希望。

等我的画终于画好后,抬起头,我看到面前的八个人,仍然如画中一样,静静地站在原地。阳光又一次温柔地刺痛了我的眼睛。

假设一个幸福的存在

在遇到顾小北的时候,我叫吴悄悄。很庆幸,那时候我可以叫吴悄悄。

清晨的车站广场上空寂无人,我戴着耳机在听杨幂的《爱的供养》,我要去参加一个为期七天的夏令营。

阳光渐渐暖起来,一个长长的影子从我身后走过来。

我茫然的目光向他投去时,一张明净的笑脸在那一刻穿越千年的回眸来到我面前,仿佛听到了一阵"哗啦啦"阳光落下来的声音,我感觉整个世界在那一瞬间明亮起来。

"嗨!"我情不自禁地对着那笑容打招呼,耳麦里杨幂的声音顿时模糊远去,我就那样看着他微笑着,嘴巴一张一合,可是我不知道他在说什么。

他指指我的耳朵,我依然愣在那里,他便伸手拿下我的耳麦,这时,一个很好听的男音传进了我的耳朵:"你好,你在等 K868 次吗?"

"嗯!"

"参加青海湖的夏令营?"

"嗯!"我再次机械地回答。

"我叫顾小北,我们同路。"他扬起手中的车票,"没想到有人会比我来得更早。"

"那个,那个,帮我一下,我去……"我用手指了下放在地上的旅行箱,转身就跑,直到全体人员到齐,要上车时,我才从藏身的角落里走出来,我在躲他。后来,我一直在躲着他,可是,我的目光却不受控制地总是在寻找他,这种矛盾的感觉让我既喜又忧,还有点恼火。

后来我才知道,那是自卑,是面对自己喜欢的人时发自内心的自卑。

站在美丽的青海湖边,看着那滴深蓝色的泪,我忘记了所有的一切,也忘记了我一直在躲顾小北。顾小北就这样走近了我,他说:"我们都认识这么久了,你还没有告诉我你的名字呢。"

我的目光不太确定地看着他,犹豫着,最后还是说出了"吴悄悄"三个字,我知道我没有选择。我得叫吴悄悄。

顾小北却跟我说:"吴悄悄,悄悄,你的名字会让我的声音情不自禁低下来,因为,我怕声音大了会吓着你。"

看着顾小北明朗的笑脸,我知道我的样子真的就像受了惊吓的小兽,我的心怦怦地狂跳着,我想逃开,逃到他看不到我的地方,可是,鬼知道,我居然迈不动脚步,他就像一缕阳光,伴着暖风来到我没有春天的季节里,我从来都不知道,我的生命里也会出现如此灿烂的阳光,在那一刻我终于明白了,我是躲不开的。和

他在一起的光阴,我不舍得浪费哪怕一秒钟。

"悄悄,我真的吓着你了?"

顾小北伸出手,却不敢走过来,他在半米之外看着我,墨黑的眸子里装满了心疼。他眼里的心疼那么深地打动了我。

我们的队友总共十八个人,分在两屋楼上住宿,女孩在二楼,男孩在一楼。我很少和同屋的女孩结伴,一是我不习惯,二是顾小北总是在等着我。只要我下楼,他一定站在门前的台阶上等着我。我们一前一后,或者并排走在队友中,偶尔用眼角的余光瞄着对方。

我们永远保持着一定的,比如足够半米的距离,就像磁场一样,谁也无法离开谁。

和顾小北在一起越久,我就越不敢回忆自己的过去,我真的好希望我从来都没有过去,只有现在,现在的我是一个二十岁,看起来唇红齿白、清纯柔弱的妙龄女子,这样的我才敢答应顾小北的追求,做他的女朋友。因为顾小北是北大的校草。

所以,当顾小北问我是哪个学校的时候,我说:"北师大。"我得假设一个最好的自己给他留着。

"吴悄悄!"顾小北低声呼唤我,"说好了,我们一起学习,然后一起在北京奋斗,永远不分开。"他不管不顾地拉起我的手,把一个花环戴在我的手腕上,那花环是用紫色的小花编织的。我喜欢紫色,紫色是我的幸运色。

"咔嚓"顾小北把我拍在他的相机里,然后拿过来给我看,在他的相机里,我看到风吹起我的长发,吹起我的白裙子,我像一个公主一样笑得优雅娴静,我的手腕上戴着紫色的花环,我从来都不知道我可以这么美。我听到顾小北又在叫我。

"吴悄悄,你真美,等到很多年后,我还要再看今天我为你拍的这些照片。"我一愣,回过神来,对,我现在是吴悄悄,现在,我只能叫吴悄悄。只有吴悄悄才可以那么美。

时间不会为我和顾小北相对的目光而停止。

顾小北为我拍了好多照片,在青海湖的最后一天,晚上,我悄悄地把顾小北的相机拿到女孩房间,蜷曲着身子躺在床上,一边看,一边流泪,一张一张删去他相机里我的照片。然后,在后半夜下楼把相机从窗口放进了他的屋子,再然后,我选择在那个夜晚让自己消失。

天一亮,我就不能再叫吴悄悄了。我真希望我就是北师大选中去参加这次夏令营的吴悄悄,但我不是,我只是在吴悄悄要参加更重要的钢琴比赛而不得不放弃夏令营时,代替吴悄悄来参加夏令营的白小之。而真正的吴悄悄,是我在看电影《地心历险记》的时候认识的,后来我们鬼使神差地成了好朋友,我才知道她是北师大三年级的学生,而彼时,我刚刚在一家酒吧找到一份服务生的工作。

飘

她在 QQ 签名中写道:阴,连同无尽的孤独,攫住了这个春天的时光。QQ 签名就像一个晴雨表,字里行间写着她的心情。和他之间,由最初的相亲相爱,到濒临危机的关系让她感到很无奈,很无助,很冷很孤独。

她确定,他们之间真的没有办法继续下去了,也没有必要再

继续下去了。

而他和她的想法是一样的。

于是他收拾行囊,把属于他的一切——随身的衣服,剃须刀,手提电脑,以及他常看的几本书统统装进那个黑色的拉杆箱,看一眼紧闭的卧室门,决绝地走出了门外。走出门外的瞬间,她冷冷的声音还在他耳边回响:永远,我永远都不想再看到你了。

公司派驻南方办事处的人员中,他是第一个报名的。

他走后她觉得一切终于平静下来了,再也没有了无休止的争吵,没有了相互之间的挑剔。她还像以前一样,工作、学习、偶尔泡泡吧。再不必担心回去得晚了或者早了。一个人的生活原来是可以这么惬意的。周五下班后她走进了一个旅行社。一个胖胖的女孩儿告诉她,这个季节去雾园最好,那里油菜花都开了,大片大片的很美,还有桃花、樱花、榆叶梅、玉兰……那里现在简直就是个花的海洋。她怀疑女孩儿为了让雾园引起她和旁边几个人的兴趣,把自己知道的花的名字都搜罗干净了。雾园的确是个很美的地方,离小城不远,她早就打算去那里看花了,但每次他们的时间都凑不到一起,不是她有事情,就是他要工作。终于,现在可以毫无顾忌地去了。

她是在葱茏的油菜花丛中看到那个女孩子的。单薄,瘦弱,脸色黄黄的,眼睛很大,无论目光看向什么地方,似乎最终获得的只有一种心情:无所谓。那张脸有些面熟。

从雾园回来的那天晚上,她把拍到的各种花的图片发在 QQ 空间里。是那些花感染了她的心情,她在 QQ 签名中写道:一切都很美,不是吗?这时候有一个叫"飘"的头像在闪动,打开:是的,一切都很美。她发过去一杯茶,然后隐身。和陌生人聊一些无聊的话题,从来不在她的娱乐范围之内。

当她正准备关电脑时,飘又发过来一句话:在你的世界里一切都很美,可是我却觉得眼前的生活没有一秒钟是可以轻松度过的。最后的那句话让她无法选择忽视。她很快打出一行字:雾园的花很美,你可以去看看,回来后你也许就会觉得一切都很美。

是的,我刚从那里回来,但对于我来说美丽的只是花。飘的头像暗了下去。她很快地打开飘空间里的相册。怪不得,就是这样一双眼睛,看什么,都只透出无所谓。

又是一个周末,春日的天气却有着冬的寒意。她蜗在家里上网。网络中的一切似乎被披上了一层黑纱,"向玉树地震遇难同胞致哀"是最近所有人心中最沉痛的主题。这世界究竟怎么了?她一条条看着关于地震的消息,窗外是冷冷的雨。她在QQ签名中写道:很快就好了,是这样吗……刚刚写好,飘就发过来一行字:应该是这样,可是很快是多久?她说:无论是多久,总会过去的。飘说:只是总有人等不了那么久的。她看到飘的QQ签名中写道:在崩溃的地方跳舞……

她摇头,又是一个迷茫的孩子。她有一搭没一搭地和飘聊着。

果然,她就是个十九岁的女孩子。飘说:我是因为看到你的一篇文字找到你并加的你,我常常会看你空间里的日志,可是从来不敢和你说话。

她说,为什么?

飘沉默后说,天空是阴的,而我是一粒带着病毒的尘埃,我有些惧怕你身上阳光的味道。

她说,什么是病毒?

飘说,不堪的经历。我母亲结过三次婚,最后却没有婚姻。我曾经有过三个父亲,最后却不知道自己应该姓什么,所以我叫飘。

她感觉心里有些疼疼的,那你没有别的亲人吗?

飘说,在这个世上只有我母亲愿意要我,但我当时不知道珍惜,我只是恨她失败的婚姻带给我的一切耻辱,在她第三次离婚后我离家出走了,那时候我只有十三岁。她到处找我,可是当我真的回来的时候,她已经不在了。

她沉默。

飘又说,你和所有人的一样,不会相信我这些话的,是吗?

她从沉默中醒来:不,我现在关心的是,你现在感觉好些了吗?

飘说,一点也不,曾经无知的所为带给我的结果只有一个,我只能在崩溃的地方跳舞。所以,我要是早读到你的那篇文字,早懂得珍惜和宽容,我就不会有今天的悔恨。

飘说的那篇文字标题是《给生活一缕阳光》,是她很久前发在一个杂志上的一篇散文。

她竟然忘记了。

这个叫"飘"的女孩儿还在絮絮地说着她那篇文字的内容。她说,只有像她这样懂得珍惜和宽容的人,才能写出那样的文字,而那些文字将挽救多少人于情感的荒漠。

而她,却想起她濒临危机的婚姻,想起赌气出走的他。

她和他,究竟是怎么走到这一步的。

她突然很想和他谈谈,就在明天吧。

金鱼危机

叶薇是在喂金鱼的时候突然被总裁叫下来的。

绕过几条街,车驶进七洲酒店大院,在一个不显眼的地方停下,总裁说:"下车。"

此时,叶薇心里的疑团似乎渐渐明了,人却一动不动地待在了那里——原来总裁居心叵测……

真是老板当得越大心就越黑,泡 MM 居然还摆出一副傲慢的"看上你是你的福气"的神情。叶薇心里愤愤的,打定主意绝不屈服,别以为小老百姓都是好欺负的。

"下车啊。"傲慢的不能再傲慢的声音。

太无耻了!叶薇的眼里燃烧着愤怒的火焰。

"总裁,您……太令人失望了。"

"哦?"冷冷的声音。

"您……懂得什么叫尊重人嘛,您以为您是老板,有钱,别人就得……任你摆布吗?"

"你觉得不可以吗?"

"当然不可以,要是那样想您就太……无聊了。"本来想说无耻的,终是没敢说出口。

"你难道不希望一个有钱有势的男人给你当靠山?"

叶薇只回了一句:"我要回家了。"伸手去拉车门。

"你要冒着被开除的危险?"

"随便你。"

"我问你,有钱有势的男人一般会找什么样的女人?"

"当然是美的,优雅的,最好再……风情点的。"小说里好像就是这么写的。

"你觉得你符合这些条件吗?"

"我……"

"不自信了吧,那你还自作多情。"嘲讽的语气。

我自作多情?是你把我带到这里来的好不好。

"下车。"总裁不由分说下车拉开门。

叶薇像被那声命令操控着,不由自主地跟着下车,她只是总裁办公室的一个内勤人员,平日里听惯了他的命令。

在走进酒店大门的一瞬间,叶薇又明白过来,不行,不能跟他进去。

"总裁,这里。"林助理居然等在电梯口。

总裁向林助理耳语了几句,向酒店的后门走去。

"叶薇,跟我来。"林助理说。

她们来到十六楼的一个豪华总统套间。

"我们为什么要来这里?"

林助理微笑:"总裁会告诉你的。"

"那……总裁去哪里了?"

"他一会儿就回来。"

叶薇感觉这里像电影里某个秘密组织的活动现场。

总裁再来时带着金鱼。

"金鱼?"叶薇惊愕,喂这条金鱼是叶薇的日常工作之一。

总裁看了看她:"是这样的,有人……有人对金鱼……"

"我明白了,这条金鱼一定很珍贵,有人一直想据为己有,所以总裁暂时把它藏起来。"

"所以你得在这里陪着它。"

"放心吧总裁。"含羞地看他一眼,刚才,不应该误会他的。

与此同时,另一个房间里,一老者和一年轻人进行着一次严肃的谈话。

"你暗中拉拢公司部分董事,试图动摇总裁在集团内部的地位。你所做的一切他早有觉察,但他一直不愿意反击你,因为你们毕竟流着同样的血呀。"

"他怎么可能会不反击我?他只是没有机会而已,他恨不得我马上消失,那样他就可以高枕无忧了。"年轻人慢吞吞地说,"我怎么可以让他得逞呢?"

老者摇头:"你错了,不是他没有机会,而是你根本动摇不了他。"

"那他为何……"

"他没有强制执行你父亲的遗嘱让你离开,是因为他当你是弟。还记得当年你为了要挟你爸,曾导致一个无辜的孩子毁容吗?"

年轻人脸色一沉。当年他为了要挟爸把总裁的位置传给他,曾拿着硫酸挟持一个十二岁的男孩子,最后导致无辜的男孩在慌乱中被毁容,爸从那次开始对他彻底失望了。

这笔账他一直算在哥头上。

"那个男孩现在美国,你哥为他整容,又出资让他在那里读书。你们这些天一直跟踪那个叫叶薇的女孩,他很担心你会重蹈覆辙再次伤害无辜,是我提议强制执行你爸的遗嘱让你尽早离开去加拿大的。"

"伯父,您……"

"我看着你们长大,不愿看到你们中任何一人出事。而且,叶薇是无辜的,不能因为她是你哥心爱的女人,就让她成为你们权利之争的牺牲品。"

年轻人静默良久,转身而去。

第二天上午十点,总裁脸色阴沉地站在窗前看着一架飞机远远地飞去,直到没了踪迹,他才缓缓地说:"危机解除了。"

而叶薇,直到嫁给他,都不知道那次危机的真正内幕。

开满夕阳的傍晚

这些日子,朱小柱的心情不错,不是一般的不错,而是非常不错。

一不小心就实现了某个梦想,就像走着走着突然就被馅饼砸了头,让人没有办法不偷着乐。

其实那天他也就是看着那女的长得美,是真美。头发是板栗色的,卷曲着不规则地披在她的肩上,像一朵云,也许还像其他,比如波浪,比如瀑布,但在朱小柱的心里,他固执地认为,那就是像云,一朵板栗色的云在他的眼前晃悠着,让他的心也跟着晃悠起来。再往下是一条淡紫色的长裙,裙子一直长到膝盖以下,这让朱小柱觉得她更美了。现在的女子,动不动就穿着超短的衣裙,身子稍微动一动,那些不安分的部位就像她们不安分的心,总想冲出束缚,一览无余在别人的面前,还总是很不负责任地说,该表达的时候,一定不要沉默。

朱小柱往前挪动了两步,抓住了更前面的那个拉环,这样,站在他这个位置上就能更清楚地看到女子的侧面,他觉得最美的就是她的侧面。从侧面看,她就像一个完美的S型,该凸的凸得显山露水,该凹的凹得不留痕迹。白色的双肩包背在背上,让她的美更增添了几分活泼。可就在这时,朱小柱看到了一只手,一只细长有力的手伸向那个包,然后从里面夹出一个小巧的红色的东西,朱小柱看清楚了,那是一个钱包。那个红色的钱包在朱小柱的面前一晃,朱小柱原本流畅欢快的目光,就像被突然打了一个死结,流不下去了。朱小柱愣愣地看着那只手的去向,它揣进了一个土黄色的裤兜里,只剩下一截手臂留在裤兜外,又看看那女子,她还在毫无觉察的美丽着她的美丽,这让朱小柱的心里很不痛快。

更让他不痛快的是,这时候公交车的门开了,那只手臂一下就到了车门外,竟然毫无顾忌地走向人行道,就像他刚刚打了一个喷嚏一样自然。朱小柱很莫名其妙地不愿意了。他拍一下女子说,快下车。然后拉着她不由分说跳下了车。朱小柱追向手臂的瞬间被发现了,手臂也奔跑起来。手臂一奔跑更激起了朱小柱的不痛快。朱小柱像一枝离开了弦的箭,奋力向前射去,只一眨眼的工夫,那只手臂就被朱小柱抓在了手中,同时抓在手中的还有那个红色的钱包。

气喘吁吁地追来的女子,当看到自己的钱包拿在别人的手中时,嘴张成了美丽的O型,大大的眼睛满是疑问,似乎在说,天呢,不会吧?闪光灯就是在这时候闪了一下,但朱小柱不会想到,他的人生会被闪成另一种模式。

第二天,市里各大媒体都在报道同一条新闻。新闻的末尾写着这样一句话:市委秘书长代表孤儿院,向全力以赴保全孤儿院

财产和孤儿利益的朱小柱表示衷心的感谢。据说那女子是孤儿院院长。据说她小巧的钱包中,有一张没有来得及设置密码的银行卡,卡中是由市内各大企业为孤儿赞助的资金。

地震过后,孤儿的问题一直是社会各界关注的焦点。由于此事件涉及孤儿,有关领导决定重奖朱小柱。朱小柱很委婉地拒绝了重奖。但他提出了一个条件,他想当一名公安民警,他说他从八岁开始习武,最大的愿望就是当一名武警。有关领导想了想说,身手的确不错。好,那就在警营体验生活吧,看情况再做下一步安排。

就这样,朱小柱很愉快地来到了市公安大楼的一扇窗前。让从前和他一起卖水果,现在仍然卖着水果的那些人很是羡慕了一番,看人家朱小柱,啧啧……他那身手,本来就是当警察的料。

可是半年后的一天下午,人们看到朱小柱回到了他的水果店,在认真地清理着落满尘土的店铺。当有人问时,朱小柱说,它很快会重新开起来的。为什么呢?到底为什么?在众人不解的叹惜声中,朱小柱坐在自己水果店的门前,他细细地想了这半年来的种种:进警营体验,接着就是各种学习,各种考核,各种……在普通人眼里,他有着不错的身手,身处警营时,他才发现,当警察,并不是有点儿特长的人就能胜任的。想着这些,朱小柱的心里顿升无限感慨。

最后,朱小柱觉得自己终于想明白了,什么才是属于他的生活。想明白后,朱小柱看着这个开满夕阳的傍晚,感叹了一句,看,夕阳多美!

警营体验,这半年的生活被朱小柱小心翼翼地封存。小柱鲜果店在两天后热热闹闹地开张。

不久后,朱小柱的小柱鲜果店在全省各处又开了几家,成了小柱鲜果连锁店。新年快到的时候,朱小柱给孤儿院捐献了一大笔资金。

窗　外

他每天晚上下课都要走过那个窗口。那时,窗里总是会飘出缕缕琴声。

窗外的他,呆呆地看着窗里。

坐在琴前的是一位姑娘,她是音乐学院的学生,而他是她的老师。

姑娘来自一个美丽的山城。她的父母在不久前双双死于那场灾难。好在,父母给她留下了足够的生活费和学费。

父母去世后,她整个人都变了,总是像一头受惊的小动物,经不起任何干扰。考虑到她受伤的心,应该有一个安静的所在,作为她的老师,他费尽周折,为她找到了这样一个方便学习,又安静的环境。

他每天都会走过这窗前,来看看她。

有一次,姑娘一回头,看到了他。

老师,进来坐坐吧,我给您泡杯茶。

他摇摇头,不了,我还要备课。然后他离开了,有太多的恋恋不舍。整个晚上,他的耳边都会萦绕着那缕缕琴声。坐在自己的室内,他用手轻轻揉着膝盖,那里传来隐隐的疼痛。

每天,他都要打那窗前走过。

从那个秋天开始,每当眼角的余光扫到他时,姑娘的琴声,就会出现一两点跳动的碎音。弹琴,贵在心静。他总是这样告诫他的学生。从那个秋天开始,他觉察出了那一缕跳动的碎音,心中有一丝不安。

如可以的话,他真愿意一生护着她,用爱护着她,这个不幸的又如此聪慧的姑娘。

那是一年前的秋天,当他从前来报到的学生中看到她时,她神情中那份淡淡的甜蜜,使他心动。不久前那场灾难,夺去了她的一切,包括她的笑声,和那种淡淡的甜蜜。

天气越来越凉了,他的腿比以前疼得更厉害了。

那晚,他又走过那个窗前。

当他依然如故地站在窗外那棵梧桐树下时,窗里的琴声在跳动中戛然而止。姑娘站在了窗前,老师,进来坐坐吧,我一直留着一包丁香茶。

他看着窗里的姑娘,脚步向前迈了一步,仅仅是一步,他就像被什么东西钉在了那里一样,再也不动了。你的进步很大,但是琴声中有跳动的碎音,一定要记住,弹琴,贵在心静。

他的声音和他的表情一样严肃。

那……那是因为……姑娘的眼眸中,有几点晶莹在跳动。

好好练习,任何时候都要放弃一切杂念。他转身向远处走去。他的眼中有几点冰凉在闪动。

窗里飘出的琴声越来越优美,只有他走过窗前时,才会跳出一两点碎音,像叮咚的泉水中,投入了一块小石头。

冬季的第一场雪里,他在窗外站了好久,好久。

那以后,只有窗里的灯光,只有灯光里的琴声。窗外的梧桐树下静悄悄的。

三天前，在市中心医院的一间病房里，一位年轻人死于骨癌。他是本市音乐学院的老师。

临终前他告诉他身旁陪伴他的朋友，他深爱着一个姑娘，但他知道他没有未来，所以他一直不敢去爱她，更不敢让她爱上他。因为他也来自那个山城，他的亲人和她的父母一样，也死于那场灾难，他知道那种突然间失去亲人的痛，他不能够，绝对不能够让她再承受一次那样的痛。

他说这话时，他病房的窗外，站着一位姑娘，姑娘望着窗里的他，听着他一句句艰难地说完这一切，姑娘已泪流满面。

其实她早就知道了他的一切，她每天都站在他的窗外，看着窗里的他痛苦，看着他一天天被病魔吞噬。今天她决定走进他的病房，告诉他，她的爱，但是听了他的话，为了他能安心地走，她只能站在窗外。

临街的窗

有达达的马蹄声传来，她把目光投向窗外，果然，就看到他乘坐的锦车从远远的甬道尽头驶来，越来越近，她看着他被侍卫扶下车，然后他径直来到了她的面前。

他的周身散漫着平静与从容，一如十年前。她看他的眼睛，从那里看到了爱，也看到爱以外的某种东西。

她问，一切都好吗？他答，好！却分明的，有一种东西，像镜中的雾，无法触摸，又无法驱除，就那样绕在他们之间。

半天后,他就要走了。此时的他,还有很多更重要的事情要做。走时他说,我很快就回来。

他走后,偌大的庭院中,静得她可以听到花开的声音。

她坐在窗前,远远地望着甬道的尽头。

她的面前有一束红百合,插在一个青玉花瓶中,还带着滴滴晨露。

她想起苎萝村外浣纱溪边的马蹄莲,蓝色的。在母亲浣纱时,她总会跟了去,采一大把,放在母亲浣纱的篮子里。母亲的竹篮旁,她看到通身红色的鱼,游在水中她的影子里,她总是想伸手去触摸那些快乐的精灵,她看到母亲的笑容,那时候的她是个快乐无忧的女子。

她的无忧止于突然间出现在她面前的他,越国大夫范蠡。

是范蠡凝重的神情,让她知道,作为越国最美丽的女子,除了和她的姐妹们一样在浣纱溪边浣纱采花,捕捉快乐外,她还有更重要的事情要做。于是在那个夏天即将结束的时候,她跟着他离开了苎萝村。她在越王给她准备的深宫中,苦练歌舞、步履、礼仪,从那时候开始,她特别渴望面前有一扇窗,可是只有厚厚的宫墙,把她禁在歌舞中。三年后,越王给她制作了最华丽适体的宫装,把她送到了吴王面前。从此她的身上承载着另一种快乐。

在吴王为她修建的宫殿里,远远地听到外面传来的声音,她只是轻轻地叹了一下。她知道作为一个皇家的女人,除了宫殿,一切都离她很遥远。后来她竟然真的看到一扇窗开在她的面前,这让她在国仇家恨中,竟对吴王生出几分感激来。在那扇窗前,她看到骑着红鬃马的少年从窗下走过,看到浣纱归来的女子手中提的篮子。她喜欢那市井里的一切,像夏天的阳光一样,涌进窗

来,同样带给她暖暖的感觉。那时候她真想走到窗外去,跟随那浣纱的女子走到溪水边,她本就来自那市井。可那时的她穿着木屐,裙系银铃,她要跳响屐舞,让吴王如醉如痴,沉湎在"铮铮嗒嗒"的回响声中,忘记一切,这才是她必须做的。

十年里,她做到了。吴国在阵阵号角声中,远在她的记忆里。

如今她被范蠡接回了越国,一切都是他们计划好的。越王和他的子民们欢呼着,庆祝着成功。可是这一切仿佛与她无关,她只在远离他们欢歌笑语的这扇窗前,把自己开成宁静而思绪万千的莲。

插在瓶中的红百合花开始枯萎了,她不必担心,每天清晨都会有人给她换上一束新百合,带着晨露的。

达达的马蹄声再次传来,她看到他乘坐的锦车从远远的甬道尽头驶来。面前的他,平静与从容中带着疲惫。

他说,有人在朝上给大王提议,要为她修建苎萝宫。

她却常常想起夫差为她建造的馆娃阁,还有馆娃阁中专为她筑的"响屐廊",用数以百计的大缸,上铺木板,她穿木屐起舞,裙系小铃,放置起来,铃声和大缸的回响声,"铮铮嗒嗒"交织在一起。当她真正沉溺于其中,愿意快乐地为他跳舞时,她蓦然发现一切都结束了。

她的窗外是充满喜悦的越国臣民,人们都知道她住在这里,也知道她曾经住在吴国的皇宫里,人们偶尔把目光投向她富丽堂皇的窗口。他们都感恩于她十年的忍辱负重和以身许国。这快乐和感恩让她回忆,让她在回忆中陷入无法承载的悔恨中。

夫差!她喊。

她走下阁楼,走在窗外的甬道上。她回头最后看一眼那

扇窗。

越国城外的江边,一个美丽绝伦的女子面向吴国的方向,伫立很久以后,缓缓地走进了滔滔的江水中,再也没有回头。

向往一千年后

于言是个非常有思想的人。

在市政府召开的一次大会上,于言发言说,我们的社会正处在飞速发展的时期,在科学创造一切的今天,没有什么是不可以的,但若不注意环保问题……领导听了这些话,当即任命于言为环保局局长。领导还拍着于言的肩膀语重心长地说,这一方百姓未来的生存环境就寄托在你的身上了。

由于工作的需要,于言局长的办公室就设在环保局三十二层楼上,有直升电梯专供于局长和他的秘书行走,其他人一律走另外一个电梯。三十二楼是环保局最高的一层楼,也是本城的最高处。

当上环保局局长的于言工作非常认真尽职。他的办公室四面墙上有四个大窗户,于局长每天上班最重要的一件事情,就是拿着高倍清晰的望远镜,观察小城的环保情况。

最近出了一项科学幻想论,说我们若任由目前的环境状况发展下去,一千年后,地球上的人类将会像白垩纪的恐龙那样,因为环境的过度污染而消失。这个科幻论出来后,于言肩上的责任就更大了。于言为自己定了工作计划,把每天的工作分成两大步骤:观察和行动。于言说,知己知彼,才能百战不殆。要先弄清楚问题的所在,才能确定解决问题的办法和手段,才能更好地解决问题。

于言的确是个有思想的人,他站在窗前凝视着城市的上空说,生态环保是全人类的首要问题。所以于言不仅自己把工作做得很到位,还常邀请各地区的环保局长开研讨会,目的在于让全人类把环保问题放在第一位。

于局长的确做得非常出色,在他的"观察和行动"两个工作步骤严谨而顺利的进行中,在他倡导的一次次研讨会后,我们抬头,但见湖水一样湛蓝欲滴的天空,看到满眼的青绿,养心养眼,也养智慧。

不久后又出来一项科幻论,说照此下去,我们的生态环境将在一千年后呈现出另一番景象:处处是鸟语花香,氧气中将会带着一种淡而奇异的香,最重要的是,由于环境的美好,人类的外貌特征也将呈现出最美好的一面,也就是说,男人都是各种各样的帅,女人都是各种各样的美。

于局长是个有思想的人,也是个有能力的人,他的生活是美好的,但唯一不美好的是,于局长总是觉得自己的外貌不尽如人意。所以生活美好的于局长看着眼前走过的帅哥靓女,有时候就对那个科幻论充满了向往。

不久后又出了一项科幻论,说经过研究发现,在地质中有一种叫着"銎"的元素,用它能研制出一种药液,这种药液只需要一滴,便能使人的寿命延长一千年,而这种药液也只能研制一百滴,是要给为人类做出重大贡献的人的。由于于局长给人类环保做出的重大贡献,这滴药液自然有他一滴。

这种药液的研制要经过一个非常漫长的过程。"蝥"这种元素的提炼非常不容易,需要投入大量的人力物力,大面积的开采。知道了这种情况,多数能得到这种药液的人都放弃了自己的特权,但有少数像于局长那样对未来社会充满向往的人,依然坚持要得到自己的特权。

经过若干年后,这种药液终于研制成功了。于局长小心翼翼地把药液放入嘴中,非常谨慎地吞咽下去,然后闭着眼睛想象两百年后的情境。他闻着氧气的淡香,发现自己变成了一个最最帅的男人,而身边就站着那个最最美的女人……突然觉得身上有什么东西砸向他,他睁开眼睛,发现人们手中都拿着各种东西向他扔来,他听到人们都在说:为了给你研制什么破药液,看把我们的生态环境破坏成什么样子了,于局长向四周看看,四周是一片黑,连人的脸都是黑的。

于局长惊出了一身冷汗。

惊出了一身冷汗的于局长醒了过来,他发现自己正躺在环保局四楼局长办公室的沙发上,做了一个有着美好向往,却没有美好结局的梦。醒过来的于局长,推掉了 CW 化工厂厂长的邀请,他知道,那也是推掉了一百多万轻易到手的人民币。

从此后,于局长致力于每一项工作,特别是有重大污染的厂矿,这些厂矿的领导人后来都知道,无论你有多大的后台,也无论你会出多大的血,只要你的环保工作做不到位,你永远也别想过于局长这一关。

请别告诉我

晴和凡在同一个机关工作。她和她有着共同的爱好,都喜欢在闲时写些属于自己的文字,相互看看,再各自尘封在自己的记忆里。日子久了,自然就成了最好的朋友。

晴大了两岁,性格开朗,而凡却话语极少。无论从哪方面来说,晴都比凡强了一点儿,虽只是那么一点儿,但晴就在有意无意间优越了半分。晴总是以姐姐的身份自居,言语间透出对凡的呵护,而凡乖乖地,无论人前人后,啥都让着晴。

在那个夏天,晴把恋爱谈得像风中的橘子花般灿烂时,凡似乎只是那个花圃旁一株默默的无花果,如何努力,都不会有半点开花的迹象。

晴的男友是一个大型刊物的编辑,是那种很白马王子的男人。从那时开始,晴对文字的热情表现出了空前的高涨。她的文字总是会在适当的时候,从某个刊物的某个页面上跳出来和大家打个招呼,惹得周围的同事和朋友们都艳羡不已。看到晴的文字一篇篇上了刊物,而自己却仍然是写了就当着自己的心情放养在只属于自己的空间里,凡说,再也不写了,真的不写了。说过这话后,凡的心有种钝钝的痛。

晴说,凡,你怎么可以不写,这么容易放弃一件自己喜欢的事情,你不觉得不应该吗?凡对着晴笑笑,她找不到可以用来回答

她的语言。

晴又发了一篇散文,发在一个很知名的刊物上,还有名家给她写了评论,说是一篇很有时代特色的美文。在刚刚结束的庆祝宴上,雍容大方的晴穿行在人们羡慕的目光中,每一个笑容都充满了自信。凡觉得心里酸酸的,但随即她又在心里责怪自己,那是自己最好的朋友,应该为朋友高兴才是。凡走上去深深地拥抱一下晴,把自己满心的祝愿倾注在这个拥抱上,晴却匆匆地迎向下一个祝贺者。

在晴越来越受人瞩目时,凡似乎明白,自己也许在文字上没有任何的天赋,但那是她追逐了多少年的最爱,怎舍得放弃。这种心情让忧伤如冰冷的湖水般,浸透她走过的每一天。

凡是在公共汽车上认识晨的。认识晨时,凡正处于最颓废的日子。当凡把与晨相识的事说与晴听时,晴抿抿她漂亮的唇说,傻姑娘,公共汽车上能遇到出色的男人吗?也拿来当作男朋友,我会帮你介绍一个的,像他那样的。晴说着扫一眼自己的男朋友。

凡没有等晴给她介绍男朋友,她和晨一路走着,直到走进婚姻的殿堂。

如晴所说,晨不是那种非常出色的男人,无论从哪方面说都不是。但也只有凡知道,在晨的面前,她成了阳光中那朵欲燃的橘子花。晨打开她紧锁的抽屉,一篇篇读她的文字,崇拜的目光,让她在心里重新燃起了某种希望。在那个秋天,凡的第一篇小说发表在一个全国著名的刊物上。

那个午后,当凡高兴地想要向晴报喜时,却在晴的哭诉中,知道晴那个白马王子男朋友,把另一个女孩带到了自己的单身公寓。凡深深地拥抱着晴，凡说，晴。凡的双眼湿湿的，再也说不出下一句话来。那些日子里，凡成了晴的影子。

那时候凡的丈夫晨，已不再是原来的晨，他把自己的事业上升到了一个让人仰慕的高度，彻彻底底地把自己打造成了一个优秀的白马王子。他为妻子换了带有落地窗的房子，还专为妻子准备了藤椅放在窗前。

那些日子里，晴总是喜欢坐在凡的落地窗前。

办公室里，凡还是那个安静的凡，只是神情中多了几分被宠爱着的甜蜜。而晴，描了细长的眉毛，睫毛翘翘地站在窗前，看着窗外，半天后转回身来，说，唉！人说自古红颜多薄命，看来说得一点儿也不错呀，偏是那些普通得不能再普通的人，总能得到意想不到的幸福，你们说对吗？在办公室里说的次数多了，就成了她一个人的自语了。

有一次单位组织出游。一车的同事说说笑笑的，突然就有人说，哎！凡，又看到你的小说了，你真厉害。又有人说，能不厉害吗？老公那么优秀，还那么爱她，真是一个幸福的才女。

在大家的声音低下来时，晴闪动着长长的睫毛望着车窗外声音幽幽地说，凡，你知道吗？当时晨可是追过我，我没有看上他，真没有想到，他会变得这么有出息。

一车的人在那一瞬间哑然了。

凡看着晴的脸，半天后，凡说，请你别告诉我这些。

凡的心碎了，她心里的晴也碎了，她一下子不能明白晴为什么要当着这么多人说出这样一句谎言，这句谎言让她最亲爱的朋友瞬间变得陌生。

后来的后来，晴离开了那个办公室。一个周末的早晨，晨为

电脑前的凡端来一杯牛奶,晨说,凡,该休息一会儿了。凡端起牛奶,突然间又看到了旁边书架上她和晴的合影,那时候她们笑得好天真烂漫。已经有一年多没有见到晴了。

凡说,晨,她当时为什么要用一个谎言来欺骗我,她不知道这样会毁了我珍藏在心里的她吗?

晨拥着凡轻声说,是她的爱情把她伤得太深了,而你的爱情却太完美。

秋小诗的童话

窗内的灯光是飘忽不定的。窗外的夜是骇人的。缓缓流入喉中的酒,是冰凉的。这就是生活的全部吗?

宋彦和秋小诗坐在那样的灯光里。两个人的目光都是波澜不惊的,似乎有着千帆过尽的平静。

秋小诗端起一杯酒,看着远处灯光里飘忽不定的人影,突然想起姑姑的话。秋小诗知道自己的名字就是姑姑给起的,小诗。秋小诗。多美!

姑姑歪着头,右手食指点着右边太阳穴,慢悠悠地说,喂,小诗,我就不懂了,你们这些小破孩,正是阳光灿烂的年龄,要什么有什么的,怎么倒是一个个深沉得像口老井,似乎心里装着千年的沧桑。

秋小诗把目光从窗外收回来,看着姑姑,深深地叹了一口气问,姑姑,告诉我,这世上真的已经没有爱情了吗?

看看,你们这些小破孩,就你们?你们懂得什么叫爱情吗?整天把没有爱情,不相信爱情这样的话挂在嘴上,爱情怎么惹你们了……

不等姑姑说下去,秋小诗背起包就跑了出来。她知道这个话题和姑姑是没有办法探究下去的。姑姑生于二十世纪七十年代,有一份稳定的工作,一个看似美满的家庭。可是他们那叫爱情吗?两个人平静地谈论孩子的事情,平淡地面对一个晚餐时光,小诗甚至想,也许对于他们共同的那张床,他们都是平静面对的。

爱情怎么可以如此平静。

但宋彦不同。宋彦说,生活就是作为一幅画,被我挂在墙上用来娱乐的,浓墨重彩的那部分才是我娱乐人生的 G 点,爱情呢,哼哼,秋小诗,别告诉我你还相信爱情哦,爱情只有在童话故事里才是真的。也别告诉我你把你的爱情寄托在我身上了,我可不是你的王子,对于我来说,爱情就是和不同风格的美女调情。

宋彦在面对不同的美女时,大概要比姑姑他们的生活精彩很多吧。

想到这些,秋小诗的心里疼疼的,再次举起一杯酒倒进嘴里,然后看着宋彦说,我要离开了。

去哪?

不知道,但一定很远。秋小诗幽幽地说。

宋彦看着小诗,强忍着笑。但最终还是没有忍住,他指着小诗的鼻子大声笑着说,没搞错吧秋小诗,我怎么从你身上嗅到了三毛奶奶的味道。

是吗?姑姑给我买了全套的三毛文集,我想试着认真地去

读她。

宋彦看着从他视线里渐渐消失的秋小诗,摇摇头,过了一会,又摇摇头,自言自语道,她不会是掉进别人的生活里了吧?真有这么诡异的事情?

大概宋彦最热衷的事情,就是把自己过剩的时间一分一秒地浪费在这里。

这里的确不错。

这里的一切宋彦都很熟悉,就像熟悉他自己一样。宋彦是这个酒吧的常客,也是与这里类似的各种场所的常客,喝酒、飙车、蹦极。要实在想安静一会,还可以去做陶艺。

宋彦真的有点不明白秋小诗了,都是这样玩过来的,怎么?怎么她突然就不一样了。

女人啊,永远都脱不了俗。宋彦感叹道。

情人节的晚上,宋彦又和一帮朋友去疯玩。

他们嘲笑那些手捧鲜花的男人,中年的和老年的一定是送给自己的妻子。至于那些捧着鲜花的小青年,宋彦他们会在心里嘲笑,OUT得非常严重。

宋彦低着头,耳机里播着 Sierra Montana,一副神马都是浮云的超然,超然得离爱情仿佛很远。

就在这时,一阵刺耳的刹车声贯入耳中,马路对面跌跌撞撞跑过来一个中年女人,女人一边跑一边口齿不清地喊着什么,她的身后,一个中年男人紧追过来,路上的车水马龙不得不为他们停下来,突然,女人一个趔趄四仰八叉地倒在了路中央,周围爆发出一阵哄然大笑,男人一个箭步冲过去,从地上捞起女人紧紧搂在怀里:慧,你醒醒好吗?快醒醒好吗?你看,安哥就在这里,我知道我对不起你,现在我回来了,你怎么惩罚我都行,但请你不要让自己疯掉好吗?都是我的错,惩罚我就行了,我不让你这么受罪,我,我爱你。

有泪水从男人的眼中涌出,这会是一个怎样的故事?

女人在男人的怀里安静了片刻,仅仅只是片刻,便又发疯般挣脱他向路对面跑去,这一次,很多人都听清楚了,女人嘴里喊着,安哥。

时间总是以飞越的速度在进行,当情人节的夜晚只剩下最后三分钟时,宋彦拿出手机,上网下载了一朵蓝色妖姬,给秋小诗发了过去。

片刻后,小诗的信息回复过来:好美的花,祝你情人节快乐。我在一个叫南屏的小山村,你不是说,爱情只有童话里有吗?这里就美得像童话里一样。

宋彦突然感觉心里无比温馨,是那种有秋小诗在身旁的感觉。

那个小山村要怎么才能找到?宋彦再次给秋小诗发了一条信息。

这时候,时间已到了下一天的黎明,宋彦还在等待秋小诗的回复。

去看星辰花

我突然疯了一样想要去一个地方。这是尤尤给她打电话时说的第一句话。那时候她正安静地坐在下午的阳光里，捧着萨冈的《你好，忧愁》，读得如醉如痴。

尤尤的电话就像一股强劲的风，让自己想要表达的内容瞬间抵达她的思绪。她的思绪像被强光刺痛了一样有了短暂的空白。

尤尤还在继续说。

尤尤说，我看到他发在我邮箱里的照片了，有沙漠有绿洲，还有行在沙漠与绿洲之间的骆驼。但这都不是最主要的，主要的是他用语言描绘出的一切让我陶醉着，激动着，我想要去的心情和眼中的泪水一样的呼之欲出。

真的想去，真的真的好想去！最后尤尤又对着话筒说了一句。

她能感觉到，尤尤此刻正陷入一种旋涡，一种让人无法拒绝也不想拒绝的旋涡。她轻轻地叹一下，对着电话那边的尤尤说，既然你那么想去，那你就去你最想去的地方。

去你最想去的地方。那时候她也是这样告诉自己的。

认识他是在五月的九华山上，她来时只记得天气晴朗而明媚。可是就在她一步步踩着山路准备放松心情时，头上突然间就落下了豆大的雨点，雨点打在身上有痛痛的感觉。从没有看到过这样大的雨点。她惊叹着,站在雨中任自己变成另一个形象。

而他,那时候就站在离她不远处的一个地方,当她抬头看到他时,他向她摆了一下手,又朝她微笑了一下。然后他们就在雨中和雨后的空气中,很无聊地聊了好多。

他总会说,月儿,站一下,我给你拍张照片,你这样是最美的。她不知道他怎能在这么短的时间内把她的名字呼唤得那么亲切。

她知道了他是一名摄影师。收下了他送给她的一本摄影集。

她看着那本摄影集,看着他留在上面的签字和手机号。看着那些数字,她就给他发过去一句话,这是我的号,月儿。

回来后的日子里,她无数次收到他的信息,他说他们那里开满了星辰花。他说,来吧,月儿,我想和你一起看星辰花。她始终没有决定去不去。但思念却如草般在她的心里日渐葱茏着。

后来他突然就没有了动静,她就再发,还是没有动静,她发了无数次,他都以沉默来回应她,她的泪水突然就流了满面。主要是她担心得要死,若非突变,她相信他不会在突然之间就没了音信的。当第二天的阳光撒进窗的时候,她的泪水还挂在脸颊上。她突然感觉好空,整个世界都是空的,她不知道除了这个手机号,她还能以什么方式知道他此刻的一切。

就在这时候,他的信息来了。只一句话,对不起,我的手机丢了。她看着手机一时无语,半天后她才回了一句,哦,我提着的心终于放下了,这让我得出一个结论,再不能为远方的人担心了。他却回复,该担心时还要担心,人家会在心里感动的。

他再次约她去他的城市看星辰花,他说满城的星辰花正开得郁郁葱葱,再晚就看不到了。她还是犹豫着。约过后他又没了音信,整整十二天。十二天后的一个晚上,她接到了他的电话。她

问,怎么我给你的信息你都不回,他说,我的手机坏了。她在心里决定,这次不再犹豫了,明天就动身。可是放了电话她却发现自己无法等到天亮。

　　她于是拉出旅行箱,翻捡出几件衣服做好了出门的准备。她选了第二天最早的一个车次,顺利地买到了车票。在等待上车的期间,她给他发了一个信息,从来没有如此疯狂地思念过一个人,如果我去了,你会在星辰花丛中给我造一个小木屋,然后永远地守着我吗?出于一种小小的调皮的心理,她偏偏没有告诉他她已拿到车票了,她马上就要上车去他的城市了。发过后她在等着并猜测着他的回信。可是直到火车停在她的面前时,她也没有收到他的回信。她在涌动的人群中流着泪水看着火车从她的眼前开过去,然后拉着旅行箱回到家里倒在床上沉沉地睡去。

　　是电话的铃声吵醒了她。他的电话是在午后打过来的。他说我看到你的信息了,但我的电话坏了没有办法回,你到底什么时候来看星辰花?她听着他的声音,想着那个花的海洋。她说,不去了,我这些天很忙。你说的,别后悔哦。他在电话里说,她听出了他的不高兴。她拿出那张火车票,把它仔仔细细地压进一个镜框中,放在电脑旁。

　　而此时,她正看着眼前的那个镜框。尤尤又打来了电话。尤尤在电话里说,我现在正坐在火车上,十几个小时后我就会看到那里的沙漠和绿洲,以及行走在沙漠和绿洲之间的骆驼了。

因 为

这一次,我必须走了,因为……

她闭上眼睛,轻轻地吸一口气。面前的杯中,一抹新绿渐渐舒展。她喜欢绿茶,她最喜欢能简单地舒展在玻璃杯中的那抹盈盈的绿。窗外静静的,但她知道,属于这里的宁静只是暂时的。

珠帘动处,小王轻轻地走了进来。小王说,吴总,一切都安排好了,现在走吗?吴玥的目光没有离开面前的杯子,那抹绿已舒展到极致。她知道,色之极致,也便是香之极致。可是,即便有色亦有香,可她饮茶的心情已被另一种情愫牵绊。

吴玥站起来走到窗前。几年前,这里本是一处荒凉的郊外,因为对宁静的向往,所以她来到了这里。因为她来了,所以这里的一切都改变了。如今,高楼林立,这里已成为这座城市最大的高档生活区。因为这里的闻名遐迩,她再一次成为商界翘楚。吴玥看到窗前那几枝梅,红的艳丽,白的素雅。

吴玥说,走。

可是刚一走出门外,她便看到了那些人。他们还是来了。

他们来了,她也还是要走的。她从此要远离商海,远离这些商界政界的风云人物。她要去寻的,是一处宁静之地。吴玥的眉宇间,是一份安之若素的淡然。

几个小时后车停了。车停处,吴玥看到了一望无际的梅林,

梅林远处是连绵起伏的山脉，梅林所在的静水河村，是一个古老的山村。梅林间，一幢别墅独秀其中。小王说，一切都按你的意思安排好了。吴玥点点头，走进了梅林。

住进梅林的吴玥，日子果然宁静安逸。她再不必扰于公务。她有大把的时间来游览这里的山水景致。她首先看到的，是美丽的静水河村。即使来到了这深山，她亦可以锦衣玉食，过着宁静的现代生活。而静水河村的村民就不同了，他们沿袭着古老的日出而作的生活轨迹，似乎永远也走不进现代多彩的世界。静水河的美丽，也将永远安静在人们的视线之外。

吴玥还看到一座古庙。落寂于梅林后山的那座荒凉的古庙，尽管它已岁月斑驳，但从它遗留下来的宏伟中，她还是看出了它的不同寻常。果然，小王查勘到这是一处明代古刹，史书中都有记载的。吴玥对着千年古刹凝望许久，心中升腾出某种念头，念头一经生出，她便无法再熄灭。

于是，吴玥一个个电话打出去，又有一个个电话打进来。宁静的静水河便有了翻天覆地的变化。

古老的山路在现代化的机械轰鸣声中，成了整齐划一的现代化的盘山公路。落寂斑驳的破庙，经过大规模的修缮，重现了原有的宏伟壮观，它古香古色，内置从缅甸送来的各式玉佛，从泰国运来的金身佛像，从印度运来的各种佛经。还有从国内各佛学院聘来的有各种学位的僧人。它在几年间成了远近闻名的千年古刹。而古老宁静的静水河村，成了闻名的静水河旅游胜地。

但一切还在进行中。远离梅林的地方，错落有致地建起一排排现代的农家院，静水河村的村民们，心甘情愿地把自己世代相传的静水河原地方留给了吴玥，高高兴兴地搬进了农家院。在越来越多的游客到来时,他们的生活也经历着质的变化。

随着胜名远播,来自国内外观光旅游的,度假休闲的人越来越繁杂,这里又建起了宾馆,超市,甚至高尔夫球场。在静水河村原址,建起了梅林别墅区。吴玥的梅林,成了又一处各界风云人士聚集的高档休闲生活区。吴玥,这个一度退出地产界的顶级人物,再一次名利双收。

秋日,晚凉天静,吴玥行在不再宁静的梅林旁,被一老者拦住,原来是寺庙中扫地的老僧人。老僧人说,施主气度非凡,却面有病相,是该准备后事的时候了。吴玥静立片刻,说,几年前,我就发现身体不适,吃了药,却无济于事,医生便劝我,若能安心静养,你这病本不是病。我便一次次地离开,只为寻找一处宁静之地,可是,我却又一次次亲手把那些宁静之地变成繁华世界。因为,我总是能在那里发现商机,总能找到改变它的理由,最终一次次让自己名利双收。老者凝望着远处连绵的山脉说,佛说,刀刃有蜜,不足一餐之美,小儿舔之则有割舌之患。所以,你在拥有的越来越多时,却失去了自己。吴玥转身时,老者已消失在梅林中。

吴玥只听到一个声音在林中回荡,宁静,应该在你的心中,因为心中宁静了,世界便也就宁静了。

是谁让你动心的

于小陌觉得自己是莫名其妙地被卷进这场风波的。当她回过神儿的时候,路已经走了很远。

办公室主任退了。局长说,这次我们单位内部竞选新的办公室主任,特别是年轻有才华的,都有机会啊!局长说过后,局里便进入了紧锣密鼓的新主任竞选中。

那天,对面的王小桃在拿表格时不小心多拿了一张。一张自己认认真真地填了,另一张就随手给了于小陌。那时候于小陌正处于半失恋状态,也就是说,她微妙地觉察到,她一心一意爱着的那个人,在爱的森林里有临阵撤退的可能。这种可能让于小陌正燃烧得如火如荼的爱情陷入缺氧的状态。这种现状中,于小陌整个人也像缺了氧一样没有了活力,于是她选择了沉默。沉默中的于小陌,每天认认真真地做很多工作,以前不怎么喜欢做的报表现在也做得很到位,而且还别出心裁,把最难做的财务报表分析得一目了然,多次被局长表扬。局长说,谁有疑难杂症,就去请教一下于小陌,看人家那报表做的,一个字,好!而特殊状态下的于小陌,听了局长的表扬却连一个笑容都不曾有过。

于小陌随手拿过那张表格,一项项地填写好,然后送到局长的办公室。一切都顺水推舟般走了过来,她心里是不抱希望的。对于她这样的女人,爱情在生活中占着最重要的位置,爱情都要罢工了,还有什么能引起她的兴趣呢。

第一轮竞选的结果出来了,看到被选取的二十人中有自己的名字,于小陌笑笑,在心里对自己说,只是个过程而已。对于别人来说,过程不重要,重要的是结果。但对于目前状态下的于小陌来说,只要是过程,就能填充她多余的时间,让她少些伤感的机会。不是吗？就是这样的。

于小陌从单位出来后,漫不经心地走在路上。当然,是要去烟灰缸坐一会儿的。烟灰缸是她最近发现的,那个酒吧很小,于小陌觉得,那种小小得恰到好处,小得正好能盛得下一个人的心事。

接下来于小陌填写了第二张表格。这张表格于小陌填得随心所欲,不就是陪着他们走走过程吗？虽然她是局里少数几个大学生中的一名,但她进局的时间短,资历浅,又没有什么背景,这还不是主要的,主要的是自己没有竞选的心思,不过闲着也是闲着。于小陌却没有想到,一周后,第二轮的十个竞选名单中还是有她的名字。

下班时,于小陌第一次很认真地看了一眼那张大红的通知。下午来上班时,于小陌忍不住又看了一眼,在自己的名字上停留了片刻。她的名字不前不后,十个人中排在第五,再有两轮,竞选的最终结果就可以公布在这里了。

于小陌下班后走在晚霞中,她走了很久。回忆着这些天办公室神秘的气氛,她能想象到一些什么,但她的确不知道自己此时能做些什么。最后于小陌又来到了烟灰缸。她刚刚坐下,对面就来了三个女人,三个女人同样的青春美丽,不同的是她们的发型,一个直发,一个卷发,另一个,竟然是光头。

光头晃在于小陌的眼前,让于小陌很是意外很是好奇,她不

明白,一个女人在什么心态下,才会舍弃上苍赋予她的万千柔丝允许自己如此"一目了然"的。于小陌安静地看着那个光头,最后她甩一下自己的长发,在心里想,也许太个性,也许失恋了,也许只是心里有毛病,也许这也是一种意外吧。

第二天上班时,局长把她叫到办公室,局长的面前摆着很多人参选的资料,于小陌的放在最上面。

局长说,小于呀,要好好努力,这次你很有希望的。于小陌惴惴的,她说,谢谢局长的鼓励,我……

最后局长温和地说,最后一轮组织部的人是要来的,你有什么不懂的,或者需要帮忙的,尽管说,我希望你这样有头脑,思想又新潮的年轻人能胜出。

第三轮名单出来后,果然剩下的三个人中,于小陌排在第二。只剩下最后的时刻了,于小陌的心里不免有些紧张。

快下班时候,于小陌走进了局长室,把准备好的演讲稿和一些材料放在局长的办公桌上,她说,我经验不足,不知道这样写行不行,请局长指点一下。局长很快浏览一番,说,稿子写得不错,材料也准备得到位,接下来就看你最后的表现了。

于小陌没有想到,局长让她最后的表现,就是和他一起去他办公室的内室。当然,这之前局长还表演了一个成功男子遭遇爱的痴情,那种表演很是让人感动。局长说,你知道吗?第一次看到你,我就体会到了什么是心动。说完后,局长就把手伸向了于小陌的某个部位,于小陌惊慌中推开局长的手,可是局长的手没有停止的意思。于小陌"嚯"地站起来,深深地吸一口气,尽量让自己的情绪稳定后,才说,对不起,动心是你的自由,你爱怎么动怎么动,但请你别乱动手。

走出局长办公室后,于小陌非常懊恼地想,真不应该对那个什么破主任竞选动心,这下可好。

一支烟的时间

夏若终于还是去找白老板了。

坐在白老板宽大的办公室里,夏若才感觉到了自己的心慌,她突然发现,自己竟然不知道下一步应该如何进行了。

但白老板却是明白一切的。白老板点了一支烟,用温和却冷静的目光审视着坐在他面前、微微低着头、似乎在努力平静心绪的夏若,他缓缓地问:"你应该早就明白我对你的心意了,你今天来,是要给我一个惊喜的,对吗?"

夏若轻轻咬着唇,低着头,没有回答。

半天后,白老板终于很不情愿地问:"恕我直言,难道,你今天,就是为了你妹妹来找我的?"夏若略有些惊讶地抬起头,看一眼白老板,轻轻点下头:"是的,我想,只有您可以帮助她。"白老板把目光转向窗外,果然如他所料。

一支烟已经燃去一小半,白老板把那半支烟摁灭在面前的烟灰缸里,然后看着夏若问:"难道为了你妹妹,你什么都可以做吗?"夏若皱了下眉,回答这个问题对于她来说似乎有些艰难:"我不知道,我只知道她现在很需要我,和她一起毕业的那些大学生,很多人都有家长安排好了工作等着,可是她呢?她什么都

没有,她只有自己的画,只有我这个姐姐,能帮她的人只有我,而我却发现自己竟然无能为力,连一个画展都没有能力为她筹备。"

白老板从办公桌后站起来,走到窗前打开窗户,再次点燃一支香烟,深深地吸了一口,眼睛看着窗外接着说:"那你呢?你考虑过自己吗?难道,你只是为了她而活着吗?"夏若轻轻叹一口气,再次沉默着。

白老板把手伸过去,对着窗台上的水晶烟灰缸弹了一下烟灰,眼睛继续看着窗外。形形色色的女人在他的脑海中掠过,但夏若是一个特例。从她第一天来公司上班时,被她那种冷冷的执着打动,到后来又被她冷冷的漠视吸引,直到刚才又被她举棋不定的徘徊感动。

开始时,他也只是像对所有漂亮女人怀着一份猎艳的好奇心一样,对她怀一份好奇。只要愿意,在他这里没有女人可以逃得出去。但夏若却一直在状态外,于是他调查了她的一切,他才发现自己有些小看她了。她曾经拒绝了一笔学费,然后亲手藏起了一所著名音乐学院的录取通知书。她一次次拒绝了周围很多人提供给她的帮助,只想心安理得地过自己安静的生活。但是今天为了妹妹,她却还是走进了他的办公室。

白老板再次弹了弹烟灰,回过头看着夏若,说:"其实如果换一种思维方式,你已经为她做了很多了,让她上了大学,让她衣食无忧,这一切,你都是在放弃了自己的基础上来成全她的,而你只不过仅仅比她大了两岁,反而是她自己不够努力,把自己寄生在你身上。"

听到后面那些话,坐在沙发上的夏若看向白老板,目光中有种不容侵犯的凛然："对不起，白老板，我不喜欢听到有人这样说她。"白老板依然看着窗外。夏若轻轻叹了一口气说："在我来找您之前，以及坐在这里的整个过程中，我都不能确定我所做的一切是不是应该的，但现在我有点明白了，我是不应该来找您，有很多事情是命中注定，如果非要强求，也只能是自取其辱。"说着，夏若站了起来："但我还是谢谢白老板，让我明白了这个道理，再见！"说完夏若就要走出去，却被白老板拦住了："请留步，我的话还没有说完，也许我可以帮她的，只是……"站在门边的夏若打断了白老板的话："对不起，白老板，请别再往下说，我已经感到羞愧了，再见！"

夏若走出去后，白老板站在窗前愣了半天。随即脸上露出了一丝欣慰的笑容，他轻轻地摇摇头在心里叹道，果然是好样的，她终于还是选择了做好她自己，在这样的生活面前能坚守到如此，他白华林见过的也只有她一个。

于是，白老板再次摁灭手里的半支烟，走到办公桌前拿起电话，打给了他一个在书画界做评论的朋友。他决定帮帮那个叫夏雨的女学生，因为她有个叫夏若的姐姐，因为夏若让他在两个半支烟的过程中，看到了一道风景，那道风景单纯地只为了美好而美丽着。

水　桑

　　木藤巷两旁的老墙上攀满了蜿蜒的绿藤,整条巷子散漫着谜一样的幽远,像一段曲折迂回的故事,从文字深处走向尘俗。

　　水桑就是生于藤间的一朵花。

　　木藤巷的女人们都羡慕易的妈妈,她们说,看,你几世修来的福。看时,水桑正坐在木盆前洗衣服,她清瘦的身影像一条不堪负荷的幼藤,一家老小的衣服全在里面。那时候,易年轻的妈妈是木藤巷最悠闲的女人,属于她的活计水桑全揽下了,包括照顾好弟弟易——妈妈最宝贝的儿子。可是易从来没有看到妈对水桑有过好脸色。水桑美丽清澈的大眼睛在妈面前永远闪烁着慌恐。

　　易读初一时水桑出嫁了。

　　水桑的男人很有钱,长得有点儿像易的偶像林志颖。易听大人们说,那男人是被水桑的美迷住了,不然他那样的人可不会来木藤巷这样的老街娶新娘。他那样的人究竟是什么人?这些易都不管,易在意的是他的姐姐以后再不用每天干那么多活了,也不用在黑暗中默默地流眼泪了。

　　好几次,易都看到水桑在没人的地方悄悄掉眼泪。

　　易读初三时水桑离婚了。水桑离婚时夫家的财产一分都没要,只带着不满一岁的女儿回到娘家,被妈骂得差点抱着女儿投了巷子东头的那口古井。那个男人在水桑怀孕时就有了别的女人,水桑知道时女儿已经快一岁了。听到这些时,易真想挥动拳头,砸在那张酷似林志颖的脸上。那天易第一次对着妈吼。没人处水桑哭得很伤心,水桑说,他们说只要我留下妞妞,什么都可以给我,但我不能,我决不会让妞妞再走我的路。那时候易已经隐隐约约地知道,水桑在出嫁前考上了江南一所名牌大学,是妈硬生生地撕毁了水桑的录取通知书,水桑整整哭了两天后决定嫁人。易还听巷子里的女人们说,水桑不是妈妈亲生的,水桑的妈妈,当年是因为易的妈妈突然闯入这个家,才断然丢下水桑走的,至今了无踪迹。

水桑离婚一个月后嫁给了林。

林是我们熟悉的,他是水桑高中时的同学。整个木藤巷的人都知道林对水桑的好,但所有的人都为水桑嫁给林而摇头叹息。尽管水桑已是个离过婚的女人,他们还是把林比作牛粪,把水桑看成鲜花。水桑这朵鲜花在木藤巷,除了易的妈妈,是被所有的人用目光捧着的。而林,他独自住在巷子尽头一间破旧的屋子里,懒懒散散地做着一份可有可无的小买卖,最让人不待见的是,他嗜酒成瘾,逢喝必醉,逢醉必出丑,他这一切怎么配得起水桑这朵花。

木藤巷那些女人们看着水桑走进林那间破屋子,她们似乎比水桑还委屈,她们断定,水桑一定会离开这个巷子的。

那个暑假的天气很热,易坐在通风的窗前读小说,窗外下着夏天里最常见的细雨,就在这时,外面传来了一阵吵闹声。接着易看到高大的林像一只笨熊般倒在巷子里,泥水溅了一身,巷子两侧楼上的窗户洞开着,窗前站满了看热闹的人。水桑正费力地扯着林的衣服,试图把他拉起来,林却一口吐在水桑的身上和脸上,老远就闻到刺鼻的酒气。易怒气冲冲地奔下楼跑到巷子里,他是要拉着水桑走的,他不能容忍姐姐再跟着一个酒鬼过这种生活。但水桑用乞求的眼神看着易,易看到姐姐那原本花一样鲜艳的面孔,如今已变得暗淡无色。

易回家后再一次对着妈吼,看看她被糟践的,是你们,都是你们把她给糟践成这个样子的,她原本可以生活得很好的。整个木藤巷都听到了易的吼声。从此,木藤巷的女人们最关注的事情,就是水桑什么时候离开木藤巷。甚至有善良热心的人悄悄在外面为水桑物色着好人家。

然而人们不会想到,水桑这么快就要离开木藤巷了,和她一起离开的,还有林。水桑离开前回娘家把里里外外收拾了一遍,然后对易说,以后,不许再对妈吼。易却指着林说,为什么还带上他,他让你受的罪还不够吗?水桑走近易的面前低着头轻声说,不许乱说,他对我和妞妞是真心好,他是怕我离开他,只要我们永远在一起,他会越来越好的。水桑走出门时,妈追了出来,易看到妈把一个镶着绿宝石的戒指放在水桑的手心。易听妈说过,那是妈出嫁时外婆送给妈的。

水桑的身影在蜿蜒的绿藤间消失时,易看到了开在老墙上的那朵花,鲜艳,饱满。而之前,易确定木藤巷的藤从来没有开过花。

司若的琴声

司若坐在那个角落里,行云流水般的琴声中,她仿佛看到一个个具体的音符带着各自的色彩在眼前跳舞。但她知道,坐在琴前的人情绪不同于往日。

她的目光落在对面空寂的位置上,心里却全是他往日的音容笑貌。

那是她第 N 次来老木头咖啡屋,就坐在这个位置上,她要了一杯蓝山,面前是打开的红色电脑本,没办法,中午这两个小时本可以逛逛街,或者看场电影,反正只要是休息就对了,但她却不能,她必须在下午两点半之前完成这个设计,不然,就可能丢了工作,生活有时候就是这么残酷。她一直都明白。

就在她苦思冥想,脑细胞一个接一个壮烈牺牲却始终无果时,一阵清凉的琴声传入耳中,她一愣,站起来左右晃悠了半天,才隔着重峦叠嶂的考究装饰看清大厅一角的情景:一架过分巨大的三角琴,一个阳光挺拔的背影。这样的场景一定比琴声更让她觉得赏心悦目。

所以,她调换位置,把目光锁定。直到琴声戛然而止,直到那个身影向她走来。她当然不知道,在她身后的某一个卡座间,坐着他的四五个狐朋狗友,早把她的一举一动拍下来发在他手机里,她当然更不会知道,随着照片一起发过去的,是他们对她怎样

色彩缤纷的评头论足,关于这一点她永远都不会知道的,因为当他那天坐在她对面时,他就决定不会让她这样一双清澈柔美的眸子碰到那些被他们口水玷污过的字眼。

接下来的事情司若都知道了。她对这个弹得一手好琴的男人有了好感,当然,她也从他的眼里读出了一些内容。后来的日子里,司若曾很多次地犹豫,是不是要接受这样一个一见倾心的开始,最终,她的答案是肯定的,理由是:没有人能够拒绝如此的相遇和相悦。

司若永远都忘不了,那些曾经和他一起坐在这里的日子,在这里,他们一同很无聊地细数过落地窗外深秋里斑斓的红叶,最浪漫的是,那个初冬下第一场雪的时候,他为她写了那首曲子,每天,他只在咖啡屋弹一首曲子,可是那天他却一遍又一遍地为她弹那首曲子。也是在那一天,他唯一一次很认真地看着她的眼睛,欲出口,却终是没有出口的那句话,那时候的司若虽然不知道他眼里的认真有几分,但却分明知道,那将要从他口出呼出的,必然会是那三个字。

可是很遗憾。

从那天后的第三天开始,司若就被一个又一个关于他的一切打倒了——先是一个白净婉约的女子向她讲述她和他的爱情,告诉她,她才是他的女朋友,接着,司若知道,原来老木头咖啡屋的老板居然就是他,她一直在和这个咖啡屋的老板约会,她竟然一点都不知道。再接着,他的身世彻底雷倒了她,她很意外,这个一点一点把她融化的男人,他的身后居然是那样一个可以呼风唤雨的家庭。

但这都不是最主要的,如果仅仅是这些,司若当然没有什么可怕的。

最主要的是,司若不经意间了解了太多关于他的爱情故事,而她,不想捧着一颗心,成为他众多艳事的组成部分之一。

一整夜的无眠,心在晨光染白窗棂的那一刻,死寂。

司若的离开悄无声息,却决绝得没有丝毫余地。

司若一直都知道,他从来没有放弃对她的寻找和等待。然而,她却狠心地把所有的期望与挣扎种植成荼蘼,从此不言悲欢。

她以为,她可以慢慢忘记他,忘记他灌进她心里的琴声,哪怕是用一辈子的时间来忘记。

意外带着不可抗拒的力量在两天前抵达司若的视听时,她的感知首先表现出来的是麻木,像重击后一切顿失的麻木,之后便是疼,她为他,揪心地疼了一下。

这世上最残忍的事,就是让一个人拥有一切后,再让他失去一切。而此时,司若再不忍心丢下他不管不顾,她甚至来不及收拾行李,匆匆从千里之外奔回来。

琴声落时,她就站在他身后。

"你终于回来了。"

"回来了,你的父亲怎样了?"她看着他的眼睛,他真的瘦了。

"他被停职审查,但几分钟前我刚接到消息,一切都是误会,现在他没事了。"

误会?!司若看着他,没有告诉他,她听到的版本却足矣让他绝望。

由愕然,到欣喜,唇边的笑在渐渐翘起的同时,司若突然惊觉到与他过分近的距离,她想退后一步,可是一双温热的手紧紧握着她,她怎么都挣不开。

送一个春天给你

送完电瓶车上最后一桶纯净水,我站在户主楼下不住地喘着气。真的,不是我体质不好,而是我体质太好,师大校园的篮球场在过去的四年里成就了我这一身块状肌肉,所以今天下午,在同事们都选择为十个用户送水时,我毅然地选了三十户。当然,这是有原因的,他们是固守阵地细水长流,而我呢,我注定是纯净水公司留不住的过客,我要在这有限的时间里最大限度地创造价值。最主要的是,我需要钱来支持苏米。

我一个下午赚了他们三个下午的工资,想想心里就有成就感。

太阳已经贴在地平线上了,却依然热情洋溢地喷射出一股又一股的热浪,像一个即将抛弃妻子的花心男人,就算将要走向下一个目标,也要用最后的热情留下曾经的炙热,自私地镂刻一个永恒的伤害。这样无耻的天气让我想起《全城热恋》中一个又一个场景,最后定格在我脑海中的,是李艳对着破旧的电风扇有气无力地喊出一句:啊,热死了。

"啊,好凉爽。"李艳的面孔瞬间换成了苏米的——在我看来,这是苏米在这个夏天里留给我的最妩媚的笑容。小辣椒一样难以接近的苏米被一阵清风吹到我面前,轻启朱唇,吐气如兰:"谢谢你!这下我再也不怕画夹里的宣纸被汗水打湿了。"从学校宿舍搬出来,蛰居在城市角落的这间小屋,苏米的灵感如这个夏天的热浪一样汹涌而来,如果一切顺利的话,秋天时,苏米就可以开办她人生的第一次画展了。苏米说:"秋天是我的希望。"

我在街边的冷饮店买了大瓶的奶酪外加一份紫薯派,匆匆向苏米的小屋走去,我喜欢苏米每天在我回去时带给我的惊喜,那总会让我在瞬间忘记一整天的疲惫,是的,苏米每天都会给我一份小小的惊喜,当然这些惊喜都与她的画有关,伴随着那些小乐趣,苏米偶尔会和我开句玩笑:"唉,没办法,魅力呀。"说完,苏米看着我嘻嘻地笑,我扬起眉毛,目光斜扫过去,窗外,那块空地上幻化出一辆奔驰的形状。幸福的感觉浓浓地氤氲向心底,苏米用如此自恋的形式向我诠释爱情的含义。

当我打开小屋的房门,在门口愣了片刻后,我终于明白了,苏米今天给我的不是惊喜,而是意外——她不在,小屋是空的。打手机,手机居然在枕头下。

我把手中的奶酪和紫薯派放在书桌上,坐在床上抽出一支烟点上。当烟在指间将要燃尽时,我扔掉烟蒂,拿起奶酪和紫薯派走了出去,在街上又买了一些营养品。天完全黑的时候我来到了林奶奶的窗外,窗里的灯亮着,我知道林奶奶还没有睡,而我手中的奶酪早已化成了一杯水,我想,这杯微凉的奶酪水正适合林奶奶的口味,所以我给她送来了。

当我正要敲门时,里面传来了说话的声音:"奶奶,凉快吗?"

苏米的声音。苏米竟然又给我一个意外的惊喜——原来她在这里。

"凉快!凉快!好闺女,告诉奶奶,今天画了几幅画?"

"一幅。"

"满意吗?"

"今天这幅是我最满意的。"

"离秋天还有一段日子。"

"嗯,我正在努力。"

"别说,这风扇还真不错,是佛顶山的?"

"嗯,奶奶,告诉你一个小秘密,就是因为卓宇送了我这台风扇,我才决定和他好的。"

"哦,为什么?"

"这让我看出,他是个体贴有责任感的男人。"

"那奔驰车呢?"

"奔驰车是别人的。嘿嘿!"

"好闺女,我这孤寡老太太能认识你们两个,真是上辈子修来的福。只要你们一来呀,我就觉得这福利院简直变成人间天堂了。"

"奶奶,好吃的来了。"我推门而入,看到苏米和奶奶坐在风扇前,风轻轻吹起她们的头发。

我记得,在我送给苏米这台风扇的时候,她曾动情地说:"在这个夏天里,你送给我一个春天。"

现在,看样子她把这个春天又送给林奶奶了。

兔子的逻辑

叶薇有点清高。

当然,她不清高谁清高——名牌大学毕业,容貌清丽脱俗,更重要的是她还是个小有名气的网络作家,微博的粉丝早已突破百万。

所以叶薇来著名的 EAC 传媒公司上班任谁都会觉得是理所当然的。叶薇自己也觉得理所当然,她完全是凭借自己的实力进来的,所以,她只需要在工作中继续展示自己的实力就行了。

可是现实却有点不对,叶薇渐渐发现自己被同事们真空隔离了。

更可气的是,下午她居然被一个花瓶大专生——主管秘书给训了,只因为花瓶没有看明白叶薇呈上去的英文企划书。

企划书本来是要给美国客户看的,当然得用英文写。不然呢?叶薇觉得简直不可思议。

晚上,做了一个美白面膜后,叶薇便舒舒服服地躺在了床上,可是想想白天发生的一切,实在让人不能服气——不就是主管的一个跟班嘛,居然能如此骄横。

唉!算了算了,不想她了,看她骄横多久,工作总是要凭实力的。叶薇想,我还是睡觉吧。于是一只一只地数着兔子,希望睡眠能尽快地降临。

梦里的兔子都是黑色的,神情庄重地啃着青草,叶薇数着数着就感觉到了异样——有一只毛色黑得发亮的兔子高傲地仰着头,另一只小兔子殷勤地把草送到他面前,他却挑三拣四的不肯下嘴,小兔子只好再次殷勤地去寻找更鲜嫩的青草来供奉它。

哇,那只兔子居然长着一张主管的脸。

太可恶了,连兔族也这么黑暗吗?

叶薇努力地想睁大眼睛看清楚那只可怜的小兔子,她希望能拯救她于水火之中,可是眼睛怎么也睁不大,真是急晕人了。就在这时,心里无比愤愤不平的叶薇突然发现自己也成了他们中的一员。

以初生之犊不畏虎的姿态,兔子叶薇无所畏惧地在那里啃一会儿草散一会儿步,她是悠闲自乐的,她是无心的,她是自我的,但她分明就像是在挑衅嘛。不远处的兔子群中似乎起了一阵不大不小的波澜。

兔子叶薇终于在兔子群中找到了那只还在殷勤地寻找嫩草的小兔子,她跑过去,用神情告诉她——你不用怕他,不要被他欺负,我会帮助你的。

可是小兔子却不屑地看她一眼,衔着一束嫩草屁颠屁颠地向那只大黑兔跑了过去,这次大黑兔满意地吃光了小兔子送来的草,并且傲慢地用嘴碰了碰小兔子的脸颊,天呢,叶薇发现,那只小兔子居然瞬间有了戴上皇冠的幸福得意之色。

狂晕,这什么破逻辑?什么智商?

怪不得它们只能是一群低级动物。

叶薇咧咧嘴,悲哀地发现自己居然长着一张兔唇,这才想到自己此时也只是一只兔子,这可把叶薇急坏了,她是断然不允许自己降低为低级动物的。

情急中叶薇一回头,发现那只大黑兔子正在盯着她看,它冰冷的目光仿佛在说——想在这里混下去的话,就快去给我找鲜嫩的草来,不然,哼!

叶薇微微一笑,不屑地把头扭向别处——想得美,门都没有。

再次看到那只小兔子时,叶薇跑到它身边想再鼓励鼓励它,人,不,兔子一定要活得有尊严,为什么你就应该伺候它而不是它来伺候你?

小兔子却说:"别傻了,它是头兔,伺候它是我的荣幸,有兔子想伺候还没有机会呢。"小兔子唱着歌去寻找嫩草了。留下叶薇晕倒在地。

叶薇走向别的兔子,想找个知己来倾诉下心里对那只小兔子的鄙视,却发现所有的兔子都那么艳羡和拥戴那只小兔子。

这一次叶薇彻底晕倒。

傍晚的时候,有几只兔子缓缓地向叶薇逼过来,它们用同仇敌忾的眼神告诉叶薇——快滚吧,你让我们老大不高兴了。

喂喂喂,我吃自己的草,又没招它惹它。大不了离它远点不就行了。

不行,你让我们头不高兴你就该死。

啊啊啊……

感觉到几只兔子狠狠向她撞过来……叶薇满头大汗地从梦中醒来,那一夜,接下来的时间里,叶薇纠结在那个梦的余音里再也无法入眠。

第二天回到公司后,叶薇把那份企划书重新整理了一份中文的,恭恭敬敬地送到花瓶办公室。趁中午休息时,修改了自己微

博的名字,尽量做到让它和叶薇这两个字看起来毫不相干。

叶薇自我安慰道:低调,是一种境界。

唯 一

苏词又一次走进了那样的梦境,这让她很痛苦!

和以前一样,简微坐在她面前,目光空洞,她说:"你爱上了他,也许将来你还会爱上别人,可是对于我来说,他却是我孩子唯一的爸爸,你不能抢了我孩子的爸爸。"

一阵刺痛传来,苏词惊醒,世界还被挡在没有张开的眼眶外,一切已清晰,现实和梦境是不一样的,事实上,是她和简微的老公顾相爱了,他们正在密谋顾要如何与简微离婚,然后与她结婚。而简微却一无所知,还把那处闲置的房子继续借给她住,人说防火防盗防闺蜜,简微怎么就这么傻呢?

睁开眼睛,苏词看到护士正在她手上扎针,"别动。"护士按下她试图缩回去的手。

"我怎么了?"苏词问。

"肺炎,高烧。"

"你醒了?"简微走进来,手里拿着水果,奶,以及饭盒。

"微微,现在几点了? 害你没上班吗?"苏词看着简微问。

"九点多,我请假了,放心,我也给你请了假。咱俩正好在一起待几天,你调回来后,都没有好好陪过你。"

上午的阳光从窗外洒进来,室内暖暖的。

苏词心里还在疑惑:"简微,你怎么知道我生病了?"

"我做了馄饨,早上去给你送,喊了半天都不见你开门,还好我带了钥匙。"简微说着在床边坐下来,"怎么搞的?吓坏我了。"

"我也不知道。"苏词的目光似在躲着什么。

"好了,没事了。中午顾会给我们送午饭。"

"你给他打电话了?"苏词惊问。

"是啊,看你一副不情不愿的样子,怎么?借我老公来照顾你,你还嫌弃上了?"简微调侃。

"去你的,我就嫌弃,我才不稀罕借你的老公。"苏词做出不领情的样子,心里却泛起疼痛,眼泪都要出来了。

这场病让她终于清醒。

"怎么了?"简微看到她眼圈泛红,忙问。

"不舒服,我要擤鼻涕。"音未落,泪已涌出,"难受死了,拜托,能不能别让你老公来看我的笑话,知道我最爱面子。"

"还爱面子,生一场病就变成鼻涕虫了,还好意思说爱面子。"简微递来纸巾。苏词不管不顾地揉着鼻子,仿佛一切都是鼻子惹的祸。

"砰"一声,门被推开,高大的身影快步走进来,满脸的担忧之色。

"顾,你怎么来得这么快?"简微问,她有些不解地看着顾脸上过分的担忧之色。

顾没有回答,只看着床上面色苍白的苏词。

"顾,你是不是搞错了,以为是简微生病,所以紧张成这样子。"苏词承受不了他如此的目光,狠着心说了这一句。

"你……"看着苏词眼里泅开的笑意,顾有些茫然。

"对啊,是我,这下你该放心了,生病的是我,不是你的简微。"苏词眼睛里的笑意更深,声音轻柔而疏离。

"苏词的家属,来前面拿药。"门外护士在喊人。

"来了。"简微应声跑了出去。

室内,顾瞪着眼睛看着苏词,仿佛要一口吞了她。

"你为什么要这样?"顾一步上前,一把抓住苏词的手臂低吼道。

"没什么,我只是不想玩了。"苏词不敢看他的眼睛。

"我的心在哪里你不知道吗?"

"笑话,我要你的心做什么?好玩吗?"这一次,苏词吼了回去。

"你……究竟怎么了?昨晚不是还……"

"好了,什么都别说了,我只是不想玩了。"她的唇角重新泅出笑意。

"你说的是真的?"他不甘地看着她,一阵脚步声,门口身影一闪,苏词手疾眼快拔掉手上的针头。

"你……"顾心疼地看着液体夹带着殷红的血液从针口处涌出。

"简微,快,我不小心把针弄掉了。"苏词喊道,顾还紧握着苏词的手臂,微微一愣,便见到简微奔过来,按了床一侧墙壁上的呼叫铃。

"顾,抓住胳膊没用的,要按在伤口上。"简微忙走过来推开顾,伸手抓起苏词的那只手,按住正在往外渗血的伤口,"怎么这么不小心?"简微一边帮苏词擦手一边问,一脸的担忧。

"不小心挂到了。"说话间,护士推门走了进来。

出院后,苏词离开了这座城市,走之前她跟简微说:"新工作真的很适合我,有时间带上孩子去我那里玩。"

舞　者

如一枝风中的百合,她舞在小区的广场上,认识或者不认识的人,都自觉地、安静地围成一个圈,把目光投向圈中的她。展臂、拉胸、旋转、飞扬,洁白的衣袂在风中萦绕卷扬。

小区有一个广场,那里常常聚着许多老人和带着孩子的年轻女人。她是在一个春天的早晨,踏着橘子花的馨香走进这个小区的,同她一起走来的还有一个风度不凡的男人。

后来,人们就很少再看到那个男人了,只看到那女子一个人,或手里拎着一些东西,或带着几个工人,在小区里进进出出。人们渐渐地知道,她叫子秋,是新搬来的住户,她整天忙碌着,是在装修她的新房。

看着身姿纤细修长的她拎着那些笨重的东西累得气喘吁吁的,广场上的老人就问,男朋友呢?装修可是件累人的事情,得让他帮着你。子秋摇摇头说,他工作忙,我自己可以的。老人们爱怜地看着子秋叹一声,工作再忙,装修新房可是件大事情,怎能交给一个女孩子?

有一些日子,小区的老人们谈论最多的,是他们从电视中看

到的关于灾区的新闻。又救出了三个孩子,一个老太太说。看着孩子们遭那种罪过,我这心里难受啊。唉!唉!这罪过!老人们同时叹着。

依然看到子秋走过小区的广场,有人就发现她似乎比以前瘦了也黑了。老人们便心痛地说,累了就休息几天,看你哪是操劳的身子,别累坏了。子秋用手轻抚一下自己的长发,两只眼睛笑得像两弯新月。子秋说,日子快到了,我得提前把一切都准备好。有人就问,咋还不见你男朋友过来,装修这事他一点儿都不管?每当有人这样问时,子秋都柔柔地笑着,似乎很甜蜜,又似乎很无奈。有个叫静的年轻女人就说,我怎么觉得不对劲,哪有一个女人为了结婚这样操劳而男人却丝毫不管的?

不知道从哪天开始,小区里一连几天,都没有看到子秋的身影了。怎么停了?这么快就装修好了?坐在小区广场上的老人们就开始谈论着子秋的婚礼。听说子秋的男朋友是南方的,在这里工作。而子秋,是一个舞蹈老师,在小城文化宫带着舞蹈班。有人说,子秋这孩子真不错,人长得漂亮又能干。言语间似乎对子秋的男朋友有那么一点点不满。静注视着子秋的背影,半天后说,那也不能排除别的什么原因,美丽的女人故事总是很多的,听说她凭借自己的美貌,曾经依傍过一个很有背景的男人。

再次走进小区的子秋脸色苍白得吓人。坐在小区广场上的那些老人们心里就不平静了。看着子秋半天不出来,几个老太太就寻了过去。门掩着,子秋站在凌乱的屋子中央,已哭成了泪人。任凭几位好心的老太太如何询问,如何安慰,子秋只是无声地流泪。

那天过后,子秋依然在小区里进进出出的,或手里拎着一些东西,或带着几个工人模样的人。

小区的广场上依然在谈论着关于灾区的新闻,也在谈论着子秋,这个将要入住小区的女子。人们的谈论从那个春天的早晨开始。人们凭着自己丰富的想象,杜撰出多个版本,然后从多个版本定格在一种结局上:她是被男人抛弃了。被抛弃的原因是她看着不像一个好女人。而那个叫静的女人说,从一开始我就知道,像她那样的女人不会幸福的,就算幸福了也是短暂的,这不,让人甩了吧!

可是有一天,小区的人们却意外地接到了喜帖,子秋邀请大家参加她的婚礼。人们都疑惑地瞪大了双眼。

那一天,天气不是很晴朗。新娘子穿着雪白的婚纱端庄地走进人们的视线。有人从车里搬出一把椅子,新娘子搀扶着一位白发的老人走过去,让她坐在上面,然后从一位军人的手中接过一个黑色的骨灰盒,向面前的老人深深地鞠了一躬,对着老人说:"妈,从今天开始,我就是你的儿媳了,妈你要永远宠着我。"新娘子的眼中盈盈的,像汪着一湖水。她转向周围的人们,又深深地鞠了一躬,说:"作为一个军人,他把自己永远地留在灾区了,但无论他在哪里,我都是他永远的新娘!为感谢各位参加我的婚礼,我在这里给大家跳支舞,妈,您说行吗?"老人含笑握着新娘子的手说:"孩子,妈支持你,跳吧,用心给他们跳一支舞。"

新娘子把手中的骨灰盒轻轻地放在老人的身旁,又扶一把老人,好让她坐得更舒服些。然后她就舞了起来。

初秋的冷雨,不知何时打湿了人们的视线。新娘子洁白的衣袂幻化出无数朵风中的百合,开在小区的广场上。她的脸庞安静如圣洁的荷,但人们却分明看到,泪如秋雨般,沾湿她洁白的舞衣。

香水有毒

在夜很深的时候,她独自走进了这个叫"昔日情怀"的地方。她要了一个房间,一瓶红酒,还有一屋子的音乐。

这一夜,她只点了一首歌,香水有毒。

唱累的时候她就坐在音乐里,一杯一杯地喝着这种叫着拉菲的法国红酒,她知道她最终一定会醉,无论是醉在酒里,还是歌词里,也或者在这个夜晚的寂寞里。

她记得他说过,最喜欢听她唱歌。他曾经无数次带她来过这里,就她和他两个人。他说这里的音乐只属于两个人。

但今晚却是她一个人的。

木和那个叫小米的女人之间的事情从一开始就被她发现了。有时她会在心里想,如果那天她没有去那个花店,没有看到他神采飞扬地捧着那束玫瑰出来,她的世界就不会改变,她会一直以为自己就是被木放在温室中的那朵花。那天她看着他把玫瑰放进车里——那辆奥迪 R8 是前些日子她和他一起去买的。她说,我喜欢它给我的那种风一样不流于形式的感觉。木当即就要了它,可是他却开着它走向了另一个女人。

在木不归的时光里,她默默地站在窗前看着那个波西米亚水晶花瓶,它玲珑剔透,雍容华贵,现在只需为它添上一束新花。她闭一下眼睛,心里疼疼的。她伸手轻轻地抚摸着空空的花瓶身上经典的太阳花纹。三年前她手里捧着一束百合跟着木走进博雅去选花瓶,他们同时看到了它。当时木说,那些花纹为它增添了独一无二的魅力,似乎专为配她手中的香水百合而生。此时她让手指在它身上游走,早春的风里她的手指冰凉麻木。只轻轻一下,她的手指只轻轻动了那一下,就听到了那个碎裂的声音,那个声音让她的眼前黑了一下。光亮重新回来的时候,她只看到脚下散了一地的碎片。

她在香水有毒的音乐中打了一个寒战,仿佛音乐很冷,仿佛又听到了那个破碎的声音。

木不曾问起过那个花瓶的去处,他像电视中那些有了外遇的男人一样,有时候会躲在阳台上打电话,然后说一句有事情匆匆出门。而她,安静地坐在空空的窗前。没有人会奇怪她整日不出门的,木也不会奇怪,她有足够的理由去躲开所有人而不引起异议,因为她是个悬疑小说作家,她周围的人都这样认为。除非愿意,作家可以半年不用出门的。

但她终于还是待不下去了。

秋天快结束的时候她告诉木,她说她要去乌镇,木给她买了去杭州的机票,他说先到杭州再去乌镇很方便。她说,我会住很久,一个月或者两个月,也或者整个冬天。木又给了她一张银行卡,他说只要你开心就行。拉着行囊走出门外,电梯里,她泪落如雨。一个小时后她在机场想起了青的小屋。青年初时去了四川,小屋的钥匙一直在她这里。这时候她才发现其实她根本哪里也不想去,她只是想躲开。

她在青的小屋没日没夜地写小说。文字让她平静。当平静到要窒息时,她就会想到这里——昔日情怀。

她是在傍晚时走进家门的。回到家里她第一眼看到的就是那个花瓶，玲珑剔透，雍容华贵，正拥着一大束百合安然地被放在窗前。她来不及放下行李径直走近了细细地打量它，那些太阳花纹理完好无损，丝毫也看不出被修补的痕迹。然而就在她要转身离开的时候，她的目光还是不经意间捕捉到了瓶底那个小得可能随时被忽略的缺口。

那个叫小米的女人在新年来临时离开了，以失踪的形式离开了。

木除了偶尔拨打那个永远也打不通的手机号外，一切都是平静如常的。男人真奇怪，处处把自己埋得那么深，可是她却看到了他的心里。

此时，她眼睛有些睁不开了，音乐还在继续。真的醉了，那就醉吧。不醉又能怎样？这是她最后一次来这里了。再见！出门后她抬头对着那几个字摆摆手说。

那只大皮箱被塞得满当当的。就在刚才，青在电话里说，来吧，你应该来这里看看。

这个叫南坝的小镇在大山边上。和她想象中的完全不同，她看到两旁山坡上铺满了葱茏的绿意，那所板房小学优雅地秀于山前。和青一起出来迎接她的还有几个小学生，其中一个较大的男生手里拄着拐杖，却热情地接过她手中的拉杆箱。青说，他的腿是在地震中受的伤，现在已经完全不影响生活和学习。

原本她只是路过，但来到这里后，短短的几天让她的心情产生了很大的变化，她决定留下来。此时她看着眼前的一切，青像一个大孩子，带着一群小学生在板房前做游戏，是儿时她们常常一起玩的老鹰捉小鸡的游戏，她记得小时候青就喜欢当老鹰。而她,重拾旧业,当了这所板房小学的校医。当然,她还在写悬疑小说,只在夜深人静时。

当然,她还想起那个叫昔日情怀的歌吧,那种感觉有时候很近,有时候又很远。

木的电话是在傍晚时打来的,那时候她和青正在山坡上散步,她们所在的位置可以清晰地听到板房前孩子们的笑声。

木在电话里说,好吗？她说,很好。木又说,我想去看看你。她想了想,说,来吧,来时帮我带一束香水百合。

谢　谢

这些日子心情够爽。

揣着老爸给我的三千元钱,高高兴兴地走出了家门。出门前,我跟老爸说,老爸你放心,这次我要找个工作好好干,保证不再给你添麻烦。老爸脸上笑满了皱纹,我心里极迅速地闪过一丝酸楚,随即我又笑了,再不用被逼着去啃那些让我想自杀的高等数学题了,再不用为高考挨骂了。

火车坐了八个小时后,来到了另一座城市。决定流浪时,我希望离家的感觉远些,再远些。

来到这里后,我在网吧整整待了三天,好好地过了一下网瘾。第四天,我开始了我的找工作计划。我沿着这条最繁华的街道走下去,我看到一家酒楼在招聘服务生,一家商场在招聘保安。但

这都没有引起我的兴趣。我觉得那样的工作,只有那种大脑简单四肢发达的人,才会有兴趣。我从来不承认自己是那种人。所以我坚决拒绝那样的工作。至于要找什么样的工作,我心里暂时没谱。

十天过去了,我的工作还像一道无从下手的几何题。不过说实话,这比做几何题让人愉快多了。前面不远处,有个女孩穿一条吊带短裙,她时尚大胆的裸露,让我嗅到了这个城市夏天里的味道。我用我的目光侵略她身体的全部,直到她从我的视线里消失。

这条街道看起来没有什么希望了,我扔掉手里的空烟盒,向四周寻望,哪里有卖烟的?我跑向路边一个报刊亭。可就在这时候,我发现我的钱包不见了。我愤怒无比。愤怒后是巨大的恐慌,我该怎么办?

第一次把手伸向别人的钱包时,我的心狂跳不止,但却没有想到,一切都顺利得让人心生快感。

拥挤的公交车上,我又一次顺利得手,可是没想到,还没有过两分钟,就听到前面一个女人的声音在喊,不好了,我的钱包不见了,司机同志,请你一定帮帮忙,我这钱不能丢的。我差点笑出声来,谁的钱能丢呀?我揣紧了那个刚刚到手的钱包。但我再也笑不起来了,全车的人都在配合,司机报了警,还关闭了车门等待警察的到来。

我的手心开始渗出汗来。巨大的恐慌再次将我笼罩,比那次发现自己身无分文时更甚。我一紧张,怀里的钱包掉在了地上,完了。我绝望地闭上了眼睛,大脑一片空白,接下来发生了什么,我竟全然不知。当我又能思索时,我只听到那个女人在说,谢谢,谢谢大家,谢谢小偷,这钱我不能丢,我是个下岗工人,这是我唯一的积蓄,我儿子刚刚参加过高考,这是给我儿子上大学用的。我注意到那是一个中年妇女,满脸的慈祥让我想起另一座城市里我的父母。车门开的那一瞬间,我跳下车来。我逃离了刚刚的恐慌,却逃不出那个女人用一声"谢谢"带给我的愧疚。

我给老爸打了个电话,我说老爸,我要回去考大学。老爸在电话那头哭了,老爸带着哭腔说,孩子,高考早过了。错过了高考,我不仅错过了父母的期望,也错过了自己应有的人生。我站在这座城市的大街上,我泪流满面。

这些天来我已经明白了,以我的能力,想在这座城市想找一份工作太难了。我来到那个商场想报名当保安,果然不出所料,因为我没有学历,他们没有要我的。我只好去那个酒楼当了一名端盘子的服务生。我每天要低声下气的,还总是免不了要受客人和老板的责难。

一个月后,我还没有拿到工资,可是我却接到老爸的电话,老爸说,孩子,在那里过得还好吗?我无言以对。接着老爸给了我一个巨大的惊喜,老爸说,孩子,回来准备复习,参加明年的高考好吗?

我挂了电话,我独自欢呼在陌生的城市街头。回家的列车上,正思潮起伏的我,发现一只手伸向了一个女孩儿的包,我敏捷地抓住了那只手。后来,我听到那个女孩儿说,谢谢!太谢谢你了,不然我的学费就没有了。

透过车窗,我看到夏日的阳光撒了一地。要回去了,真好!

独　舞

　　暗香浮动，冷艳袭人。你徜徉在后园的梅花丛中，时而凝眸注视，时而闭目闻香。你轻轻地伸手抚过枝丫，腕间，那个梅花形的胎记清晰地印在你凝脂般的肌肤上，与枝头的琼花相映。此生，你注定与梅有着不解的奇缘。

　　你听到父亲匆匆走入梅园的脚步声。"管柯，可好？"你轻盈得像一只燕子，飞到父亲的面前，望着父亲的眼睛问。父亲长长地舒了一口气说："好险，但已无碍。"你的邻居，那个从黑熊的掌心里救出孩童却差点送命的青年侠士，终于被你的父亲所救。像父亲一样，你也轻轻地舒了一口气。你本是知道的，父亲去，定会无碍。

　　有风抚过，你轻舞衣袂，翩跹萦绕间，玉蕊琼花纷纷洒然。白雪纷纷何所似，未若柳絮因风起。你听到父亲的声音从身后传来。你，是父亲掌上的那颗明珠。"吾虽女子，当以此为志。"那一年你九岁，却在父亲的面前立志，要以东晋女诗人谢道韫为榜样。

　　你和你的梅一道成为闽地最瑰丽的风景。成了管柯，那位冷俊侠士心头最温柔的律动。也成为他，那个突然闯入你生活的男人眼里唯一的美。

　　自从看到你后，他便视六宫粉黛如尘土。他为你在宫中遍植梅树,每当花开时便携你赏梅恋花,吟诗作赋,常常在你的梅园中流连忘返。而你,身穿长袖舞衣,长裙曳地,肩披长巾,轻身飞舞,犹如惊飞的鸿雁舞在梅花间,舞在他的万千宠爱之中。

他对着丰神楚楚秀骨姗姗的你说:"一眼,便也是一生。"而彼时,远在闽地的管柯站在曾经落满你的笑声,如今空无一人的梅园外,没有人知道他在想些什么。

那时的你定不曾想到,这世间还有一个十九年的轮回。

十九年后,你这枝梅在他的眼里那样轻易地败了。总教借得春风草,不与凡花斗色新。你败在新欢和旧爱的意兴轮回之中。自此,你被他遗忘在昨日。

你日日伴着清冷独舞。每当你舞起时,只有如白雪般纷纷洒落的梅花与你相伴。吹白玉笛,作《惊鸿舞》,一座光辉。他曾当着诸王的面给予你的赞誉,是不是已随风而去?你舞起的纤手倏然间折断一枝梅,枝端微颤的花瓣如你娇喘的气息。你用这枝梅饱蘸墨汁,在久已空白的感情纸张上书写,那一篇《楼东赋》,写满了你心中的诸多情感。

但你怎会想到,你因此,却差点儿招来杀身之祸。

从此,上阳宫便成了你的冷宫。

终于,在一个梅花绽放的季节,他漫步昔日的梅园,睹花思人,想起了你。他想起你的那一刻,你正坐在清冷的石阶前,痴痴地望向梅园的方向。那里正传出别人的欢声笑语。这一生,让你意想不到的一切太多了。你想不到的是,他竟然只敢在深夜秘密前来与你相见。你紧闭宫门断然拒绝,却久久地站在门里不肯离去。

难道你梅一样清雅高洁的情感,如今在他的眼里,已抵不过

别人的一次装痴卖娇吗？

几日后,他又派人送来一串珍珠,他是想表达对你的思念与补偿之意吗？你捧着那串珍珠,久久地凝视着清冷的窗棂。你轻叹一声,展素帛,执梅毫,柳叶双眉久不描,残妆和泪污红绡。长门自是无梳洗,何必珍珠慰寂寥。你看了又看,终于一狠心,连同珍珠一并送还给他。从此,上阳东宫墙里墙外,你与他永不相见。你把一腔浓烈的情感,生生地锁在了凄冷中。

在那场动乱逼近时,他派人来接你远走,你又一次拒绝。

你在兵戈呐喊声中走出上阳宫,一路走进梅园,你的眼前,梅园美如初见时。可是,你竟然看到了他,管柯。管柯手提长剑向你走来,他说:"先送你走,再找那无情之人算账。"你的心里掠过一丝寒意。你轻轻地说:"等我在梅园中跳最后一曲舞。"门被管柯关上,你坐在昔日的镜前,细施黛粉,轻点朱唇,穿起长袖舞衣,肩披雪白长巾,你缓缓起舞。唯愁提不住,飞去逐惊鸿。时间慢慢地在你的飞舞中走远,他,也越走越远。

只有你心里最清楚,在他逃亡的路上,只有管柯,是他致命的威胁。所以你得让管柯留下。园外早已天翻地覆,园中,你的世界仍是一片素静。

日将落时,门再次被打开,一群人蜂拥而入,夕阳中,他们看到玉蕊琼花纷纷洒然,舞起的雪白长巾正将你层层包裹,转眼间你已消失。在你消失的地方,他们看到了那饱含幽怨的古井。

管柯,从此不知所踪。

做一朵烟花

第一眼看到卡卡的人,都想再看她第二眼。美,特别是那样的一种美,那种像古雅音乐恰到好处地揉进时尚舞蹈爵士中的美,是让人无法拒绝的。

一次为期一个月的出游让我丢了工作。一切都很简单。我的心情让我决定去参加市摄影家协会组织的那次西藏之旅,而我的上司无论如何都不准我一个月的假期,最后在很无聊的争吵后,在很无奈的情况下,我很有风度地对那位很有些岁月痕迹的女上司说,对不起,您说得很有道理,没有人愿意空着一个位置等我一个月,但是,我决定去西藏旅游。于是,我很轻松地丢了我很喜欢的那份工作。

一个月的西藏之旅结束后,我掂量了一下手中的银行卡,知道我面临的问题就是赶快找一份工作。

我是在去一个 DM 杂志社应聘美编时看到卡卡的。看过第一眼后,我忍不住又看了她第二眼,那时候她穿着一件宝蓝色的无袖长裙,像都市路旁的一株蓝色妖姬般让人眼前一亮。

后来我就成了卡卡的同事,坐在卡卡的旁边。

刚刚到一个新环境工作的我,总是小心翼翼的,特别是面对卡卡时。因为我觉得长得太美的女子总给人一种很缥缈很不真实的感觉,尽管她就在你的身边。

一次主管交给我一个任务,让我在下班之前做好一份 VI 设

计,他明天一早就要。这对于我不算什么,为了初战告捷,我充分调动思维,准备做一份漂亮的设计,为自己以后的工作有个良好的开端。一切都进行得顺畅无比。在离下班还有几分钟时,我完成了我的设计。我又认真地从头看了一遍,在确定一切都OK了时,我依在椅背上伸展了一下久坐后有些麻木的四肢。可是就在我还没有完全伸展开时,我突然惊奇地发现我眼前的电脑屏幕很可怕地黑了下去,那些美丽的图片一瞬间就消失了。天呢!这是怎么了?我张着嘴无可奈何地看着眼前发生的一切。坐在旁边的卡卡看一眼我的电脑,又低头帮我查找原因,原来是我伸腿时碰到了电源插头,电脑瞬间断电了。

卡卡问,难道你没有适时保存吗?我痛苦地趴在桌子上,这可是花费了我整整一个下午的时间才完成的。

那晚卡卡在别的同事都陆续地离开后,在我情绪相当不好的情况下,把一杯水放在我面前,然后安静地坐在我的身边,直到四个小时后我重新做了一份设计,完好地保存妥当后,卡卡才出声说,知道吗?我一直在密切关注着你的一举一动,哈……这时的卡卡调皮可爱得让人想拥抱一下。我这才发现,卡卡是上帝手里的一件精品,她实实在在地站在你的面前,让你赏心悦目的同时,还适时带给你一份暖暖的感觉。

但我不得不承认,我眼里的卡卡很多时候都很安静,安静得像一湖忧伤的水。

有一天卡卡很忧伤地对我说,安安,我痛,真的真的好痛!我知道,知道。我说着深深地拥抱着卡卡。卡卡在我的肩头抽噎着,她说,你真的知道吗?你不知道的。我真的知道。知道她的痛来自那个男人,那是个让女人有机会爱却始终找不到机会去恨的男人。那个男人除了有一个画家妻子外,还拥有无数或有才或有貌,或才貌双全的女人。那样的男人是可爱的,但他更是可怕的。他给卡卡留下的痛从一开始我就知道,但我真的不知道应该如何安慰她。

我带她去我最喜欢去的歌德咖啡屋,请她品尝我最喜欢的魔幻漂浮。咖啡厅里的卡卡美得忧伤而颓废。

卡卡用双手托着脸颊,看着杯中袅袅的热气说,安安,你说爱情就应该这样吗?我缄口。因为我真的不知道爱情应该是什么样子的,真的不知道她错在哪里对在哪里。

每天坐在卡卡的旁边,我知道卡卡最喜欢翻看网上的时尚起义,卡卡把自己整个变成了时尚起义中女模。这样的卡卡有时候会问我,我是不是最近胖了点儿?我今天的耳环配得合适吗?我总是细细地端详着卡卡,我说,亲爱的,一切都那么好,你今天多美!一抹红晕飞上卡卡的脸颊,那个男人刚刚从别处回来了。男人很快又走了,卡卡便捧着男人留下的或这样或那样的礼物,久久地凝视着。

卡卡说,其实我知道,对于一个真正优秀的男人来说,妻子才是他生命里唯一不变的风景,除了妻子,任何一个走进他生活的女人,都只是他生命中的一朵烟花,燃烧时,你是他眼里最美的景色,燃烧过后,很少能留下任何痕迹。说这话时,卡卡望着别处,她的声音仿佛来自天籁,动听得让人想流泪。

卡卡又说,遇到他后,我愿意做那朵烟花,只做他的烟花。我握紧卡卡的手,我说,卡卡,我又说,卡卡。

那时候我望着别处。我很想说,但我最后只说,有时候,不妨做一朵烟花!

我说,你应该是他眼里最美的景色吧!

墙壁上的微笑

一只手柔柔地抚过我的身体，我知道是她来了，我嗅到了她身上淡淡的香味儿。我摆动着身姿在心里说，知道你会来，我一直都知道。

第一次看到她时，她正挎着相机带着几名小学生走过这林间。她是从上海来山区小学支教的一名老师，也是一位热爱生活的植物学研究者。那天，她带着学生来采集植物标本。当经过我身旁时，她用惊讶的眼神看了我许久，然后举起相机对着我按动了快门。那时候我就知道我们之间会发生点儿什么的。果然，那之后，她每天都要来看我。她波浪一样的长发总是用一条淡蓝色的丝带束在脑后。她走到我的身边，打开一个黑色的肩包，从里面拿出各种仪器，有的放在空气中，有的插入土壤里，然后在一个淡粉色的硬皮本上认真地记着。我看到她额头上挂满了细密的汗珠。

每当她来时，我便和身旁的伙伴舞在风里，舞出了一串笑声，舞得空气中都是淡淡的香气。她深深地吸一口气微笑着，瞳仁里却掩饰不住一丝隐忧。

随着时间的推移，我头顶高大的树木在渐渐地减少，这使周围的空气越来越干燥，干热的风总会让我呼吸困难。对于只能生活在温暖湿润的地方，且不能承受全光照的我来说，是致命的威胁。她总会提来一只红色的小桶，把桶中的水均匀地洒在我的周围,瞬间,我便感觉浑身透着清爽。

久旱后终于等来了一场雨。风雨中,她打着一把粉色的伞,淡蓝色的丝带束着的长发,随着白色风衣的衣袂摇曳在我的面前,好美!我说。但我分明听到她也在说,好美!我看到她眸子里有光,碎了一样撒在我的身上。

我周围积了大量的雨水。她抬头看看灰蒙蒙的天空,眼中透着焦急。雨没有停的意思,而过多的浸泡会使我的身体腐烂。她用铲子在离我远一点的地方挖出一个坑,然后把我身旁的水引向那里,她不停地挖着,我看到雨水打湿了她发上淡蓝色的蝴蝶,有殷红的血从她的指间渗出。

大自然依然肆虐着这块土地,我身旁的伙伴一个个没了踪影。空气和温度越来越让我无法忍受,强光照总让我头晕目眩,呼吸困难。

那个听不到蝉鸣的夏日午后,太阳的强光直射在我的头顶。她飞一样向我跑过来,头上的丝带在奔跑的途中被一条枝丫挂掉了,风抚乱了她的长发,她是那么美,但我却无力欣赏。她跑到我的身边,用手挖开我脚下的土地,发现我的脚已腐烂,我的身体在强光下也开始慢慢地枯萎。我看到她的脸色更加苍白了。

随她一起跑来的,还有一个帅气的男人。男人捡回了她遗落的丝带,扶她坐在我的身旁,很仔细地重新为她束起长发。男人说,你这次必须跟我走。她用手轻轻地抚着我瘦削的身体说,可是我不能丢下它,我必须留在这里照顾它。男人焦急地说,你不能再错过这一次治疗了,我看到她眼中溢满了疼痛和不舍。男人也看出来了。

男人拿出照相机,调出相机中的我举在她的面前说,我会把它装在镜框里,挂在你床头的墙壁上,这样,你每天都能看到它

了。而我,在她的相机里是那样的生机盎然,我想这应该是我最好的生存方式吧。

她轻轻叹一口气,再次用手柔柔地抚过我干枯的身体。在他们离开几天后,我便倒在了一个农妇的砍刀下。

我是这林中最后一株夏腊梅。作为花,我深知自己生活的意义,我总在努力让自己活得独特,活得更有价值。我的独特在于我一反众蜡梅隆冬腊月开花的习惯,偏偏把芬芳撒在初夏,这让我成为最珍贵的一种观赏植物。我的价值在于我对植物区的研究和学术探讨有极其深远的意义,我早已被列为国家二级保护珍稀濒危植物。但在一个农妇的眼里,快要枯萎的我,更像一株薪柴。但我知道,即使我不被变为薪柴,也会枯死在这日渐荒凉的丘陵。环境造成了我的宿命。

我没有落泪,更没有感到疼痛。我为什么要落泪,我已被那个帅气的男人装在一个非常漂亮的镜框中,挂在她床头的墙壁上,我每天都看着她躺在我面前雪白的床上,认真地在那个淡粉色的硬皮本上记着什么。那个淡粉色的硬皮本后来被男人送到了上海植物研究所,它的扉页上写着:愿人间永远有夏腊梅花儿绽放!

那个叫着白血病的魔鬼,早已夺去了她波浪似的长发,那条淡蓝色的丝带,被她做成蝴蝶结,静静地挂在我的头顶,这让镜框中的我更添了几分生机。一天,她目光柔柔地落在我的身上,我听到她用微弱的声音说,等到了那一天,请把我的骨灰撒在这株夏腊梅生长过的地方。

有泪在我的眼中,但我依然在墙壁上露出我最美的微笑。